# タクシードライバー美食日誌



荒木 源

角川文庫
24500

# 目次

# 第一話　ブリしゃぶ

桜田《さくらだ》通りを飯倉《いいくら》交差点から神谷町《かみやちょう》に向かいかけた時、車道ぎりぎりに立って車の流れに目をこらしている背広の男が視界の端に映り込んだ。

立原啓介《たちはらけいすけ》がハザードランプのスイッチに手を伸ばすのとほぼ同時に男が手を挙げる。

車を停めてスライドドアを開けた。

先に乗ってきたのは、手を挙げた男の後ろにいた男だ。同じく背広姿だがシルエットだけでかなり年上と分かる。

前に出てきたそいつを見てはっとした。間近でもう一度、すばやく顔を確認する。

手を挙げた男も続けて乗り込んで、「汐留《しおどめ》スカイタワー」と行き先を告げた。

もう間違いない。

黙って走り始める。

ルームミラーで様子を窺《うかが》うがそいつはスマホから目を上げなかった。

若いほうもタブレットをいじっている。十分もかからないくらいの距離だけれど、そこまで忙しいのか。あるいは仕事してるアピールか。

いや、気になるのは、アピールをする値打ちがあるくらいのポジションにそいつがいるのかだ。

会社を辞めて以来だから十九年ぶりになる。当たり前だけれどずいぶん老けた。

啓介の二つ下だったと思うので五十九。役職定年に引っ掛かるのではないだろうか。

まさか役員?

プレスリリースされるくらいの人事はチェックしているが記憶にない。

スカイタワーに近づいたところで「前でいいから」とそいつが言った。

言われた通りにして料金を知らせる。

少し緊張した。声を変えたつもりはないが、いつもよりボリューム、トーンとも低くなったかもしれない。

当然のように何も起こらなかった。そいつは若いほうに会社のクレジットカードで払わせ、連れ立ってビルの入り口へ歩いていった。

俺も、ここで働いてたはずなんだよな。

それこそ役員くらいなっていておかしくなかったんじゃないか。

車の中からはてっぺんが見えないくらい高いビルと、行き交うぱりっとした格好の勤め人たちを眺めているとどうしても考えてしまう。

こんなことが年に一回くらいはある。

元同僚や取引先、昔の啓介を知っている連中と出くわすのだ。

世の中狭いなんて言いたくなるけれど、一年に多い時なら七、八千の客を乗せる。不思議でもない。

なのにまだ一度も気づかれていない。

カスハラ対策で何年か前に廃止されたが、それまではネームプレートをダッシュボードに載せなければならなかった。

顔や声で自信が持てなくたって、名前を見たら分かりそうなものだ。

トラブルにでもならない限り、そもそも人は運転手になど関心がないのだろう。ありがたいことではある。

もっとも別の可能性も考えられる。

気づいていて、あえて声をかけてこない。

啓介を気の毒に思って。

それもありがたがらなければいけないのかもしれない。

悪いことをしているわけじゃないが、やっぱりみじめだ。憐《あわ》れまれるのはもちろん、慰められたり励まされたりなんて余計に応《こた》える。

向こうにそのつもりがないとしても客観的な立場の上下は存在する。何を言われたところで啓介としては素直に受け取れない。

少し後、早めの夕食をとった。

といっても都心を離れられたついでに駐車場のあるコンビニに寄り、車の中で弁当をかきこんだだけだ。

ついでに部下だった男の名前をググって、子会社の常務になっているのを突き止めた。

本体からは出されていた。でも本当に役員だ。

安堵《あんど》する一方、えっという気持ちもあった。子会社といっても二百人近い従業員がいる。

まあまあ頑張ったじゃないか。

余裕のあるふうなことを胸のうちでつぶやいてみる。

最後にちらっと見えた、地肌の透けた頭頂部を思い返した。そこは俺が勝っている。

心の平衡を保つ多少の材料になった。

いや、諦《あきら》めたわけではない。ビジネスマンとしてのキャリアは終わったが、逆転できる道はあるはずだ。

可能性として、という話に過ぎないけれど。

早めに夕食をとるのは、五時、六時から忙しくなってくるからだ。

しかし正月休みが明けたばかりの街は静かで、なかなか客にありつけなかった。実車になっても短距離でたいした水揚げにならない。

みんな体力と金を使い果たしてるんだな。

そういうめぐり合わせはある。

昔なら焦ったけれど、もうがっつかない。

じたばたしてもどうにもならないのだ。流し、配車狙いで飲食店街近くをうろつく、駅での付け待ちなど、思いつくことを試し、結果が出なくても気に病まない。

タクシーでいくら稼いだところでそれが何だという思いもある。

客をつかまえる技術が神業のレベルに達したとして業界以外では評価されない。ウィキペディアに載るわけでもない。

十時を少し回ったころ、中野《なかの》のもつ焼き屋へ呼ばれた。

その段階で嫌な予感はあった。

もつ焼き屋で飲む人間は基本的に電車で帰る。終電がなくなってというならまだ分かるが、早すぎる。

案の定だ。

店のドアを開けると、店員がカウンターに突っ伏していた女を揺さぶった。

女はよろよろ立ち上がったものの、倒れそうになったのを店員に支えられ、そのまま車に乗せられた。

「ありがとうございました」

返事はなかったけれど、頭を下げた店員はほっとした表情ですぐ店に引っ込んだ。

啓介とは目を合わせようとしなかった。罪悪感を持ってくれているだろうか。こちらは乗車拒否できないのだ。

運転席に座ると、女は絞り出すように世田谷《せたがや》区の地名を口にした。すぐそばというわけではない。

細い道で、後ろから別の車が来たのでとりあえずその方向へ動き出した。

続きの指示はない。寝てしまったようだ。細かいことは近くなってから聞くしかない。

その前にやらかされたら――。

祈る気持ちでハンドルを握った。

振動や刺激は誘発要因になりかねない。

一刻も早く降ろしたい一方で、速度を抑え、曲がるのもなるべくそっと心がけた。

しかし、異変は十分もしないうちに起こった。

死んだように動かなかった女が突然、しゃっくりを始めた。

目を離さずにきた啓介はもちろん、中に吐かせるための袋を助手席に出している。会社から支給されるものはスーパーのレジ袋と大差なくて、大トラには立ち向かえない。多くの運転手は、四十リッタークラスのゴミ袋を二重にし、丸めた新聞紙をいくつも突っ込んだ手製を用意する。

車を路肩に寄せ、袋を客に渡そうとしたが、前部座席との間仕切りや広告用モニターが邪魔でスムーズにいかない。

もっとも、そういうものがなくても女がちゃんと受け取ってくれたかは疑問だ。

とにかく外で吐かせよう。

降りて後ろに回ったけれど、たどり着く前にごふっ、という音が聞こえた。

完全に手遅れだった。女はダウンコートの前を吐瀉物《としゃ》にまみれさせている。シート、床の被害も小さくない。

「お客さん」

真っ青になっているのを引っ張り出した時、啓介の制服にも少し付いてしまった。

塀に手をついて女がさらに吐く。

五分ほどそのままにして、空っぽになったころあいにもう一度声をかけた。

「済みません」

蚊の鳴くような声が返ってきた。

まだ若い。二十代前半ではないか。顔色はひどいが整った目鼻立ちをしている。正統派美人という範疇《はんちゅう》に入るかもしれない。

「本当に申し訳ないです」

酔いは一気にさめたようだ。

「謝ってもらってもしょうがないんですよ」

営業所に連れていって話をすることになる。どうせこの車はクリーニングしないと使えない。

その前に道端のものを片付ける必要があった。知らんぷりで立ち去るのを見られて、後から通報でもされたら目も当てられない。

粉末の処理剤をまいて吐瀉物と一緒に掃き集める。ゴミ袋がやっと役立ったけれどなぐさめにはならない。

車内は雑巾《ぞうきん》で拭《ふ》けるだけ拭く。客にも雑巾を渡して服に付いたのをなるべくこそげさせる。

こういう備えがあるのは、使う機会がしょっちゅうなことの裏返しではある。

昼間乗せた、昔部下だった男の顔が浮かんできた。薄笑いを浮かべて、ゲロの掃除をしている自分を眺めている。

営業所がある赤羽《あかばね》は世田谷と方向が正反対でさらに遠い。

異臭が立ち込めたままの車内で、車のクリーニング代と、営業を中断せざるを得なくなった補償として二、三万円を払ってもらうことになると説明した。

何度も経験しているとはいえ、汚物の処理を楽しめるまで人間ができているわけではない。

ただでさえ客が少なかった日に、最大の書き入れ時である終電直後の時間帯が潰《つぶ》れるのも確実になって、口調がいらだつのをあえて自制しなかった。正統派美人だからといって優しくする気にはなれない。

やっと営業所に着いた。

車から概要は報告しておいたので、待っていたデスクに女を引き渡して洗面所へ向かった。上着の汚れたところをつまんで洗う。

水のしみが広がったがすぐ乾くだろう。鼻を近づけ、臭いが残っていないのを確かめる。

車が余っていたのは不幸中の幸いだった。改めて営業に出れば若干でも売り上げが立つ。

女がすんなり弁償に応じてくれればいいのだが。それまでは啓介も営業所に残らないといけない。

こちらもありがたいことに杞憂《きゆう》に終わった。状況を確認しに寄った事務室で、女は今後異議申し立てをしない念書にサインを済ませたところだった。

「お金持ってますか?」

「なんとか」

デスクの問いに、女は生気のない声で答えた。言葉通りに財布を広げて二万円を机に並べたが、千円札が混じったので残りはいくらもなさそうだ。

とはいえ頂くものは頂かなければならない。

デスクは札を数えて封筒に収めてから、「なんでそんなに飲んだのよ」と少しくだけた口調で話しかけた。

「オーディションに落ちちゃって」

「あなた女優さんとか、歌手なわけ?」

「役者です。一応。プロと呼べるかどうか微妙ですけど」

デスクの斜め後ろに立っていた啓介も女を改めて見た。

このごろは勤め人でもカジュアルな服装が多いので、学生ではない気がしていたが、そんな特殊な商売とも思わなかった。

「今日、オーディションがあったんだ」

デスクがさらに訊《たず》ねる。

「いえ、それは去年の秋で、結果が分かってからも大分経ってるんですけど」

ぽつりぽつり、女は続ける。

「アルバイト先で、昼休みにテレビ見てたらドラマの制作発表やってたんです。私が落っこちた役の子も映ってて、大した役でもないから端っこにいただけで、しゃべったりも全然しなかったんですけど、こっちは胸が苦しくなっちゃって」

事務室の空気が粘りを増した。

「アルバイト終わってから部屋に帰る気にならなくって。昔、友達と行ってた店を思い出したんです。あ、事務所に入る前の、そういう世界とは関係ない友達です。あのころから役者になることに憧《あこが》れてはいましたけど――」

「そういう世界のことは分からないよ。ただ」

デスクは「何があったにしても、苦しくなるまで飲んじゃうのは良くないやな」と手早く話をまとめた。

「気をつけます」

「きっとそのうちいいことありますよ。美人さんだし」

女は黙って頭を下げ、立ち上がった。

啓介にも別に「ご迷惑をおかけしました」と詫《わ》びて事務室を出ようとした。啓介は車庫へ向かい、女と並んで歩く。

「どうやって帰るんです？」

一時半近い。赤羽駅の終電ももちろん終わっている。

「ビジネスホテルにでも泊まろうかと思ったんですが、着替えないと明日《あした》バイトへ出られないし。タクシーしかないですかね」

「ここからだとまたかなりかかりますよ」

「クレジットカードは持ってます、一応。このへんで拾えますか？」

啓介は「うちはタクシー屋ですよ」と応じた。

「私もこれから勤務に戻ります」

「でも、乗せたくないでしょう？」

「もう大丈夫でしょう。稼がせてもらえるならありがたいです。おいしい時間帯をパーにしちゃいましたしね」

女はどきりとしたようだった。

「運転手さんに補償は――」

「多少出るけど、普通に稼ぐ三分の一にもならないですよ」

女が何か言いかけてやめたのは、謝られてもしょうがないと突き放されたのを思い出したからだろう。

「じゃあ乗せてください。是非」

啓介はうなずいて車庫まで先導した。

今日はまだ動かしていない、さらの車に乗り込み、後ろのドアを開ける。

女は気を遣ったのだろう、ダウンコートを脱ぎ、裏返して丸めた。

来た道をそのまま戻ることになった。ただ今度は詳しい行き先まで分かっている。

「大変なお仕事ですよね」

少し走ってから女が言った。

「どんな仕事だって大変だと思いますよ」

「それはそうかもしれないけれど」

「タクシーの運転手なんて落ちこぼれの集まりですから」

「そんなこと」

「いや、他のことがうまくいかなくてしょうがなくやってるんです」

「私だって、うまくなんか全然」

涙声になった女を、啓介は静かに諭す。

「分からないじゃないですか。これから有名になれるかもしれない。少なくとも可能性はあるでしょう？」

さっきより長い沈黙が続いた。

バックミラーの中の女はずっとうつむいている。

「あ、運転手さん」

不意に小さく叫んだ。

「メーター、動いてないんじゃないですか？」

「え？　あ」

啓介も慌てた体で確認する。

「しょうがねえな。今日はとことんついてない。ってこれは私のミスですが」

「最初からの分で請求してください」

「そういうわけにはいかないんですよ」

メーターなんかこんな状況で見るか？

いや、こういう状況だから見るのか。何にしても最後まで気づいてほしくなかった。

「ここまで来たんだから、もう全部タダでいいですよ」

思い切りわざとらしい。自分の芝居の下手さにうんざりする。

女優はもちろん見抜いて「同情していただいたのなら感謝しますけど、料金はきちんと払います」と言った。

「どうしてです。そんなにお金があるわけじゃないでしょう？」

「運転手さんには関係ないじゃないですか」

同情だったのか？

やめてもらいたい。それじゃ俺がいい人になってしまう。

自分よりさらに下の人間を相手に、ささやかな優越感に浸りたかっただけだ。

「運転手風情に施しを受けるなんて嫌ですか」

「そんなこと言ってないです」

「私、正直なとこ、お姉さんが有名になれる気はあんまりしないですよ。芽が出る人はたいてい早くから何か違うんだろうし。素直に受け取っといたらいいじゃないですか」

女はもう聞いていなかった。

「停めてください。降ります」

顔に血の気が戻った。相当怒っている。

そりゃそうだろう。お前には才能がないと言われたのだから。

運転手風情に。

しかし彼女自身分かっているのだと思う。彼女が売れる、いや女優であり続けられる確率は日本経済が再び世界を席巻《せっけん》する確率と同様、極めて低い。

そして啓介は本当のことしか口にできない。

決して倫理的な理由からでなく、自分の正しさを守るためだ。

誰にも喜ばれず、責められさえするかもしれないが、だって本当なんだからと開き直れる。少なくとも矛盾をあげつらわれる心配はない。

結局のところ、口先三寸の器用さを身に付けるのは無理だったのだ。しかし運転手にはもう一つの心得がある。

客の指示に従うべし。

何枚かの千円札が突き出されたが、一枚だけ取って五百円のおつりを渡した。メーターをスタートさせないままだったけれど、初乗りの五百円は表示されている。拒まれるかと思った。しかし女は素直に受け取って財布に入れた。

ドアを開ける前に、「ここからどうするんですか」と最後の抵抗を見せておく。

「大丈夫です。アプリで呼べますから」

その通りだ。一応、訊《たず》ねただけだ。

迎車代がプラスされても相当な節約はさせられただろう。

勝ったことにしておこう。

もちろん、優越感を得られたという意味でだ。

午前三時半、啓介はもう一度営業所に戻ってきた。

業務日誌をつけ、タクシーチケットの精算などもこの時にやる。車を洗って、二十時間に及んだ勤務が終了する。

いつもより少し長く粘ったが、再出庫後の売り上げは結局、五百円に四千円弱を上積みできただけだ。

歩合を考えると、時給にして八百円程度だろうか。近頃はハンバーガー屋のアルバイトでもはるかにたくさん貰《もら》えるらしい。

まあいい。

啓介はすでにそれほど金を必要としていない。

冬のことでまだ真っ暗だが、駅まで歩くとちょうど始発の頃合いになる。

赤羽から埼京線《さいきょう》で池袋《いけぶくろ》に出て、西武線《せいぶ》に乗り換えた。

西武線はラッシュの逆方向にもなるので、一車両に自分しか乗っていないようなときもある。

寝転んでも平気そうだが、そういうことについては社会常識を重んじる。

勤務明けはもちろん疲れており、全身の細胞が水浸しになっているような感覚をよく味わうのだけれど、まだ眠気はない。

眠ってしまえば終点までそのまま連れていかれかねず、実際そうなったことが何度かある。学習が肉体のリズムを作ったのだろう。

空が半分くらい白くなったころ、最寄り駅の石神井《しゃくじい》公園に着いた。

西武新宿《しんじゅく》線の上井草《かみいぐさ》も同じくらいの距離だが、石神井公園のほうが急行まで停まって便利なのだ。

ただ家まで十五分以上歩く。バスがあるけれど、待ち時間を入れるともっとかかったりする。

だから雨でなければ自転車を使う。自転車は駅前の駐輪場を月極めで借りて停めている。

温暖化を憂え、呪詛《じゅそ》している啓介だが、大寒間近の早朝、風を切るのはさすがに楽ではない。

女みたいに手足がひどく冷えるたちで手袋が欠かせない。

なのにダウンの服が好きになれない。もこもこを格好いいと思えないし、軽すぎて、それで暖かいなんてズルをしている気分になる。

着ているのはアメ横で買った馬革のライダースジャケットだ。ユニクロのダウンなら十着買える値段だったが思い切った。

これは肩が凝りそうなくらい重い。

かつ硬い。買ったばかりのころは床にそのまま立った。腕の曲げ伸ばしにも力が必要なくらいだったが五年目を迎えてようやく身体に馴染《なじ》みつつある。

それでいてあちこちから風が入るし、ぴったりした造りで下に着込むのも難しいため寒い。

取柄は頑丈なくらいだろうが、手軽でないところに啓介は惹《ひ》かれるのだ。

顔が強張《こわば》ってきたところで家が見えた。玄関脇のスペースに自転車を置いてチェーンをかける。

隣には娘の菜央子《なおこ》の自転車がある。

菜央子はまだ眠っているので、静かに鍵《かぎ》を回して中に入り、階段を上がるにも音を立てないよう心掛ける。もっとも、ちょっとやそっとで目を覚ますタマではない。

案の定、イビキが廊下にまで響いている。

菜央子の部屋とは押し入れを挟んで背中合わせの六畳間に滑り込んだ。ここまではイビキも届かない。

敷きっぱなしにしている冷たい布団に潜り込んで目を閉じる。


起き出したのは正午少し過ぎだった。

目覚ましはかけないけれど、だいたい予想していた時間だ。五十半ばくらいから、寝ようと思ってもいっぺんに五時間以上は難しくなっている。

北向きの部屋なので朝と変わらず寒いが、布団をはねのける。ぐずぐずするのは嫌いだ。

と、出入り口の襖《ふすま》の向こうでにゃーと声がした。

開けると猫がちょこんと座っている。ドットという、この家のもう一匹の住人だ。大好物の煮干しをねだるために出待ちしていたのだ。

人間が食事をする時にドットにもやるのが習慣になってしまい、啓介の勤務明けには、起き出すころを見計らって部屋の前に来る。

啓介としてはまずトイレに行きたいのだけれど、ドットは階段のほうへ駆け出す。早く、と言わんばかりに振り返り振り返り階段を下りるからしょうがなくついて行き、皿に三、四匹入れてやる。

がつがつむさぼっているあいだにやっと一階のトイレに入り、顔も洗って台所へ戻った。

もうドットはどこかへ行ってしまっている。

菜央子ももちろん仕事に出ており、しんと静まり返った家で、啓介はテレビをつけた。

同時にDVDレコーダーもオンにする。

録画リストからまず選んだのはテレビ体操だ。

朝六時二十五分から十分間、曜日ごとに少しずつ違うメニューで構成されているのをひと通り、一週間分録りためる。これを起き抜けにやるのが日課になっている。

続いてニュースを再生する。時代にはついていきたい。また、トップニュースからチェックしなければ意味がないと思っているので、確実に見られるよう録画している。ニュースを見ながら、昼食を作る。

普通の人なら朝食相当なのだろうが、一般的な昼食っぽいメニューにすることが多い。

実際きちんとしたものを身体が求めている。勤務明け直前にもコンビニでパンを買ったけれど、温かい食事は昨日の昼、ラーメン屋に入って以来だ。

レタスの外のほうの葉だけが残っていたので、メニューは自然に決まった。

冷凍してあるご飯をレンジにかける。

チャーハンに入れる肉は、ブロックから切り出してフライドポテトくらいのスティック状にするのが啓介の好みだ。申し訳のように入っているのでなく、ちゃんと肉を食っている感じがする。

豚バラも冷凍ストックだが、カチコチ一歩手前の「切れる冷凍」室のほうに入れてあるので出してすぐ包丁が入る。

肉だけ先に炒《いた》めて塩コショウ、取り出して中華鍋《なべ》を洗い、改めて溶き卵を半分固まる程度に炒めたあとご飯を投入する。塩コショウ、ガラスープの素、思いついてカレー粉も振りかける。

お玉で混ぜたり鍋肌に押しつけたり、鍋を振って返したりしながらパラパラを目指す。実際にパラパラまでいけることは滅多にないけれど、素人《しろうと》なんだからしょうがない。べちゃっとしているのも味わいだと思っている。

レタスを手でちぎって加え、しんなりするまで火を通したら仕上げだ。鍋肌から醬油《しょうゆ》少々、の代わりにナンプラーを使った。カレー味に合い、コクが増す。ナンプラーは醬油より塩味が濃いので量には注意する。

大皿に盛ったチャーハンを平らげて人心地がついた。

次に考えるのは晩飯のことだ。

料理には目下のところ仕事以外で最大のエネルギーを費やしている。必要にかられて、以上の趣味と言っていいだろう。

特に今日のような公休の前日は、翌朝のアルコールチェックを気にせずに飲めるから、晩飯の準備にも自《おの》ずから力が入るというものだ。

何にしようか。

食べたい料理もあれこれ思い浮かぶが、基本的には買い出しに行って決める。

料理は素材を超えられない。うまい料理にはいい素材が必要ということだ。

そして、家庭料理こそいい素材を使うべきだというのが啓介の考えである。

飲食店は当然ながら儲《もう》けなければいけない。

材料原価に人件費、家賃、光熱費、宣伝費その他の経費と儲けを加えたものがお勘定になる。

多少のばらつきはあるものの、飲食店の原価率はだいたい三割くらいと言われている。

百グラム千円のサーロインをステーキハウスで二百グラム焼いてもらえば六千円。舞台オブ清水の覚悟が必要な値段だろう。

店としたって、よほどの高級店でなければメニューに載せられない。だから和牛などなかなか使わない。使うとしても量を少なくする。

だが自分で肉を買えば、二千円で済む。

二千円だって安くはないけれど、きょうびラーメンだって千円は当たり前だ。週一、二回くらいなんとかなる。

もっといい肉、あるいは分厚い肉にも手が届く。

もちろんプロとは調理技術が違う。ステーキみたいに簡単そうなものほど奥が深いというのも本当だと思う。

素人が肩を並べようなんておこがましいのだけれど、そこそこまでなら勉強すればいける。その差は、素材の差に比べると誤魔化しが効く。

今はネットという強い味方がある。検索すれば大抵の料理の作り方が出てくる。素人向けに、簡略化したレシピを見つけるのも難しくない。

だから公休前日の晩飯のために、啓介は金をかけ、面倒もいとわずいい素材を求める。

一番近いスーパーはエルマートで、品揃えもまあまあだ。

しかし啓介は今日、魚が食べたかった。

というより、寒いからだろうが燗酒《かんざけ》の気分で、であれば少なくとも刺身は欲しい。和風の献立なら、刺身以外も魚介中心が「らしい」だろう。

スーパー、特に大きなチェーンのスーパーはどうしても魚が弱い。

各店舗に、同じ商品をまとまった量、しかもなるべく安定的に並べなければいけないからだ。

基本的に牛、豚、鶏しかない肉はまだいい。野菜の種類は多いが、やはり人が育てるものだからある程度入荷の見通しが立つ。

だが魚でそういう条件を満たすとなると、養殖のサケやブリ、タイ、冷凍マグロといった、啓介にはまったく食指の伸びないものになってしまう。

ひどいスーパーには本当にそれくらいしか置いていない。

エルマートならもう少し種類があるし、市場直送、産地直送などのイベントで珍しい魚を売っているのも時々見かけるけれど、ぶらっと出かけて満足できる買い出しになればいいということになる。

で、頼りにしているのが「鮮《せん》」だ。

自転車だといささかしんどくて車で行く。啓介は自分の車も持っている。実用性をほとんど考えずに買った軽のオープンだが、買い物には十分使える。

二十三区といっても西のとっぱずれで畑も結構残っているような地域である。大型店はたいてい駐車場を用意しており、車の使いではかなりある。

もっとも家のほうが自転車用のスペースをとるので精一杯だから、車用は近所に借りざるを得ない。

根本的に運転が好きなのかもしれない。仕事で嫌ほどやっているが、プライベートでも苦にならない。

高架をくぐってさらに北上、目白《めじろ》通りも越える先に鮮はある。

畑の混じり具合などは家の近くと同じくらいだが、谷原《やはら》交差点という交通の要所に近いせいか、住宅のほか小さな作業所なんかも建っていて、石神井公園が近い家のあたりと微妙に雰囲気が違う。

中学校と隣合うような不思議なロケーションも、ディープ練馬《ねりま》らしいといえばらしい。

広い土地に建物が三つ並んでいる。

真ん中が鮮で、向かって左が魚以外のものを売るスーパー、右側では昔、業務用食品を売っていたが、今はただの倉庫のようだ。

それはともかく鮮である。

都内有数の大型鮮魚店だろう。

大きくても決まりきった魚ばかり、という店もある中、鮮の品物はバラエティー豊かで、ここで初めて知ったものも少なくない。

玉石混交なのは愛嬌《あいきょう》だ。高級品ならデパ地下などよりずっと安いし、思いがけない美味、珍味に出くわすこともある。

何年か前、テレビで紹介されて特に土日は混むようになった。スーパーと共用の広大な駐車場が溢《あふ》れるのも珍しくない。しかもそこにポルシェやマセラティが停まっていたりする。

啓介としては、至近とは言えないまでも気軽に行ける場所にあってくれてありがたい。

今日は平日なので車を手前のほうに停められた。

店まで歩くあいだから、今日は何があるだろうとわくわくする。ぶら下げた買い物バッグには、財布とさらにエコバッグが数枚入っている。

一歩足を踏み入れると、正面の台に飾られた色とりどりの魚が目に飛び込む。選んだものを注文に合わせて職人が捌《さば》いてくれるシステムだ。

夕陽のような色合いで、大きな目も名の通り金色に輝くキンメダイ。黒メバル。メバルの赤いのもいるが、これは墨染の衣をまとうごとく渋いいでたちだ。

タチウオの一メートルほどもある細長い身体は銀色で、まさに太刀を思わせる。ほかにもカンパチ、ウマヅラハギ、ホウボウ。珍しいところでは、ぶよんとしたボールみたいなゴッコなど、眺めるだけで楽しい。

このあいだ来た時は正月休みから間もなく、まだ漁獲が戻っていないようだったが、すっかり平常モードだ。

「いらっしゃい」

店長と目が合った。

仕入れに来る飲食店も多いから、啓介など買う量ではものの数でないはずだが、顔を覚えてくれている。

「刺身でお勧めある？」

「ウマヅラかな」

「肝は」

「結構入ってるよ」

肝を叩《たた》いて醤油に混ぜ込み、白身につけて食べるのは絶品だ。想像しただけで唾《つば》が出てきた。

「いいね。あとは――」

寒い時は何より鍋《なべ》だと思いつく。

「だったらゴッコがいいんじゃない」

その組み合わせでいこうと一瞬思ったが、迷いが出た。

ゴッコはもちろんうまいのだけれど、どちらかといえば変化球で美食の王道とは言いにくい。典型的なごった煮風の鍋になることもあって、いささか貧乏臭い感じがする。

昨日からの仕事では、たいした話ではないにしても、心をざらつかせる出来事が続いた。寝て忘れたかと思っていたけれど、まだ引きずっているのに気づいた。

まとめて吹き飛ばしてくれそうな、華とパンチのある食材がいい。

「あとはキンメかな。ホウボウも悪くないよ」

どっちも鍋にできる。ゴッコより贅沢《ぜいたく》でもあるが、まだ決め手にかける気がした。

さらに店の奥へ探索を続ける。

カキ、甘エビ。

華やかさならカニか。しかし今一つ身の入りがよくなさそうだ。店長も勧めてこなかった。

姿で売っているエリアが終わってしまい、改めて一周するつもりで、裏側のあらコーナーへ進んだ。

目に留まったものがある。

巨大なカマ。

ブリだ。ただしありふれたやつではない。

「天然」と並ぶ誇らしげな「佐渡産」の文字。このサイズならさぞ脂が乗っているだろう。

そしてカマがあるということは——。

啓介は刺身コーナーへ急いだ。

店を開けたころにはたくさんあったはずだがもう三パックだけ、しかし一つは腹側だ。

前にいたおばさんが手を伸ばすのではないかとひやひやした。割り込むように腹側を含む二パックをつかんでほっとする。

引き返してカマもゲットし、抱えてレジに向かう途中でまた店長とすれ違った。

「ああ、それもうないかと思って勧めなかったけど、すごくよかった。下ろす時、包丁がにちゃつくくらいだったもの」

「よく仕入れられたね。さすが」

佐渡産は富山の氷見《ひみ》までいかないものの、ブリの高級ブランドだ。

「結構揚がったみたい。高いけど、これくらいならと思って頑張りましたよ」

食材に金をかけるべし、が啓介のポリシーではあるが、コスパはいいに越したことはない。

ブリの値段は差が大きく、天然だけで比べても十倍以上違う。

氷見ブリは断然の別格だ。

石鹸《せっけん》箱ほどの刺身用サクで三千円くらい普通だろう。本マグロの大トロに匹敵する。

ブリのダイヤモンドと呼んで過言ではない。

佐渡になると氷見の半分以下まで下がる。

だが啓介は、味にそこまでの差があると思わない。

氷見も食べたことがある。もちろん極上だったけれど、佐渡は勝るとも劣らない。

何かで読むか見るかしたところによると、ブリは秋になると北海道あたりから南へ移動を始める。

産卵のための移動なのでその間エサを食べまくり、太ってくる。なので一、二月ごろが脂の乗り切った時期になる。

漁獲地の観点では、日本海側を南下するもののほうが、太平洋側のものより波が荒いからか水温が違うのか、そのあたりは忘れたけれど、いいブリに仕上がる条件を備えているらしい。

で、富山あたりの寒ブリが最高という話になるわけだ。富山湾にはブリのエサになる小魚が豊富なのもポイントだろう。

しかしそれだけなら、お隣の石川、福井だって地理的にほとんど同じだし、エサの豊富な場所はあると思う。

日本海側で、ある程度北海道から離れていればどこだってよさそうだ。実際、鳥取あたりでもいいブリは獲《と》れている。

魚そのものと同じくらい、それ以上に重要なのが、獲ってからの処理である。

なるべく早く、船の上で急所を刺して即死させ、血を抜く。「活締《いけじ》め」だ。

このごろは、背骨の中に金具を通して神経を取り除く「神経締め」も増えている。

こういうことをやるとやらないとで鮮度落ちがまったく違う。

魚は、獲ってすぐがうまいとも限らないのだが、寝かせるならなおのこと、きちんと締めなければいけない。

ブリがよく揚がり、名産にしてきた土地では当然ながら締めの技術が進み、普及している。

船で魚を処理したり、氷を作って冷やして持ち帰ったりできるようにするには設備投資が必要だけれど、お金をかける気運も生まれる。

有名産地のブランド力にはそういう要素が含まれているのだ。

最近有名になった佐渡も、インフラを整える努力をしたはずだ。島の宿命である流通上のハンディが、時代とともに薄れたのも追い風になったと思う。

大き目のサク二つで二千八百円。

これで刺身と鍋、両方いけるのだからお買い得ではないか。


七時二十五分。

自転車から降りた菜央子は息せき切って玄関に飛び込んだ。

出迎えに来たドットに「ただいま」と声をかけて、まず洗面所へ向かう。

コロナの時に身についた外出後の手洗いを菜央子はずっと続けている。

リビングとの仕切りのドアを開けると、啓介が食卓から立ち上がった。

「お帰りなさいまし」

「間に合ってるよね」

ダウンのハーフコートを脱ぎながら確認する。顔が上気しているのが分かる。全力でペダルを漕《こ》いだあと、寒暖差のある部屋に入ったのだから当然だ。

「三分前だな」

家で食事をする時は、前々日までに申請の上、取り決めた時間に遅れないよう帰ってくるルールだ。時間設定の下限が七時半で、都心に勤めている菜央子にはかなり大変だ。

「別にうちで食わなくてもいいんだぞ」

いつも啓介は言う。

しかしそうはしない。特に啓介の休み前日、すなわち気合を入れて料理する日は万難を排して帰る。

啓介も分かって言っているのである。

食卓の真ん中にはカセットコンロが出ている。

鍋だ！

この時季は当然、鍋が増えるが啓介は毎回趣向を凝らす。

コンロ上に載っているのはステンレスの鍋だ。着脱できる取っ手とセットになっており、普段は片手鍋として使える優れものである。中身は昆布ダシのようだ。

隣の大皿には、水菜、ネギ、大根と豆腐が山盛りになっている。

ネギは薄い斜め切り、大根は刺身のツマを長くしたような細切りだ。

初めてこういう大根を見た時は何だか分からなかった。大根と分かったあと、こんなに細長く切れるなんてすごいと感心したら、啓介は笑ってこのための道具があることを説明した。

道具を使ったとしても、やっぱりすごいと菜央子は思うのである。

それはともかく、野菜だけのはずがない。

反射的に冷蔵庫を見てしまう。

「お前らはほんと、食い意地が張ってるな」

啓介がつぶやいた。

煮干しを入れる皿の前にスタンバイしたドットも時折足踏みしながら戸棚と啓介にかわるがわる視線を送っている。お前ら、とひとくくりにされてしょうがないかもしれない。

まずはドットにやるものをやり、ゆっくり冷蔵庫に歩み寄った啓介は、そこからもう一枚の大皿を取り出した。

とっておきの伊万里《いまり》が食卓に置かれて、菜央子はおーと声を漏らした。

ぎっしり敷き詰められた魚の切り身。

一片を見ると、全体的には乳白色だが角っこが赤くなっている。それを規則正しく並べることで菊の花みたいに見える。

「何の魚?」

「マジか」

呆《あき》れ顔《がお》で啓介がつぶやいた。

「こんなの常識じゃないか？」

「すみません。常識なくて」

教えて、と改めて頼んだが「秘密だ」とにべもない。しかし分かっている。啓介は娘の無知を楽しんでいるのである。

ともかくビール。

菜央子、啓介とも酒は大好きだ。それぞれのグラスに缶から注いで喉《のど》をうるおす。もっとも菜央子は缶から直接飲んでも変わらないと思っている。啓介がグラスを使えとうるさいし、洗うのも啓介だからそうしているだけだ。

その啓介は、ほとんど一気にグラスを干したあと、銚子《ちょうし》をつけてちびちびやりだした。

「冷やで飲むのがいい酒って時代もあったんだが、このごろは燗酒《かんざけ》が充実してるんだ。これなんか口がつけられないくらい熱くする。すきっと辛いのが、温度が下がって甘くなってくるのも面白いんだよな」

日本酒がよく分からない菜央子だが、そういう話は興味深い。

大皿の魚については「最初はこのまま、刺身で食べるのがいいだろうな」と指示が出た。

目の前にグラス、箸《はし》のほか、いくつかの副菜と鍋《なべ》の取り鉢、あと醬油《しょうゆ》を垂らした小皿がセットされている。

「背中の側と腹側で味が違うから」

外観もよく見ると違っている。背側と言われたほうは三角形に近い。もとの魚の身が厚く、盛り上がったところだから、切り口としてはこうなるらしい。

腹側は、内臓を包んでいる関係でそこまで厚くならないため、四角寄りで細長い。背側が半透明なのに対して、乳白色の濁りが強い。

背側を、ワサビを溶いた醬油にちょっとつけて口に入れる。

「んんっ。美味《おい》しいっ」

かすかだが満足そうな笑みを啓介が浮かべた。

「むちっとしてるよな。処理がいい証拠だ」

自分も箸を伸ばしてうなずいている。

「嚙《か》んでると魚の旨味《うまみ》がどんどん出てくる。酸もはっきり感じるな。血の味っていうか」

続いて腹側。

醬油に触れたとたん、表面に脂がぱっと散った。

その脂の甘さに圧倒されてしばらく声も出ない。

「トロみたいだね」

「マグロじゃないぞ」

「それは分かるよ」

「この魚は筋がないから、口当たりはマグロよりいいかもな」

魚の名前はあくまで教えないつもりらしい。

「濃厚だけどしつこくないって感じ？」

「天然モノだから。いや、俺は天然原理主義ってわけじゃない。うまければ何だって構わないんだが」

養殖も餌がよくなったりして昔みたいな臭みはない。それでもこのクラスの天然モノにはどうしてもかなわないと啓介は言った。

「イケスで育つのと広い海で泳ぎまわるのとの違いかな。運動してるほうがやっぱり健康な感じがするもんな」

煮干しを食べ終わって足元で寝ているドットが目に入る。

運動が足りているか心許《こころもと》ないが、もともと野良《のら》で、今も家に閉じ込めてはいないから、外海の水を多少は知っているといえるだろう。

天然モノの要素があるのが何となく誇らしい。

人間のほうは、生で何枚か食べたあと鍋に移行した。

ふつふつ沸いているダシの中で、箸でつまんだ刺身を泳がせる。表面の色が変わったらOK。

しゃぶしゃぶである。ポン酢に大根おろし、七味を振ってもいい。

「熱を通すことで旨味が立つよな。トロを茹《ゆ》でるなんて勿体《もったい》ないみたいだけれど、刺身とは別の魅力がある。脂がちょっと抜けて、ほろほろになるのもよくないか」

脂が流れ出したダシで野菜もしゃぶしゃぶする。

「水菜はハリハリ鍋風ってことだな。本来はクジラの脂身との組み合わせだけど」

くたっとさせ過ぎず、歯ごたえとほのかな辛みを楽しむのだという。

ネギ、大根も簡単に火が入る切り方にしたらしい。歯ごたえがある状態でもいいし、煮込んでもいい。

「特に大根とブリは出会いものだから。甘辛く炊くのが定番だけれど、こういうブリ大根もありだろ」

「ブリなんだ」

「あ」

啓介がしまったという顔をする。

「よくあることだよ」

「油断しちまった。くそっ。もうちょっと楽しめたのに」

バレたらしょうがないということだろう、佐渡ブリのコスパの高さを自慢しはじめた。

二人して刺身、しゃぶしゃぶとむさぼるように食べ続ける。

生もの、汁ものを兼ねているだけでなく、ポン酢で食べる野菜が、ホットサラダのようでもあり栄養バランスはかなりいいのではないか。

合間には、ほうれん草のお浸しや、ゴボウと牛コマのきんぴらを箸休《はしやす》めにつまむ。変化をつけるため甘辛味の肉まで用意するところが憎い。

そこに第二の隠し玉、カマの塩焼きができあがってきた。

カマも腹の身並みに脂が乗っているということで、焼いているあいだに浸み出た脂で皮が揚げたみたいにぱりっと香ばしくなっている。

湯気の立つ中身はやっぱりほろほろ。

「パパ、天才じゃない？」

「何がだよ」

啓介はとぼける。

「こんなご飯食べてる人あんまりいないよ。私、会社で一番じゃないかな」

「馬鹿馬鹿しい。今日のなんか、切って皿に並べただけだ。料理とも言えないんじゃないか。こんなので金取っていいのかって思うくらいだ」

そんなふうには絶対思っていないだろう。

夕食一回で九百円を徴収されるといえばまあまあの額みたいだけれど、酒まで啓介が用意するのである。大赤字なのは菜央子でも分かる。

何より美味しい。

「お店なんか目じゃないでしょ」

「プロに失礼だろ。俺は素人《しろうと》だぞ」

「私、うちのほうがいいもん」

「よっぽどつまんない店しか知らないんだな。いい給料貰《もら》ってんだからミシュランの星付きでも行ってこいよ」

話が少し厄介な方向に流れたので、このへんにしておこうと菜央子は考えた。

今、菜央子の収入は父親のそれを少なからず上回っているだろう。冗談にしているが、啓介が複雑な気持ちなのは間違いない。

「ブリってさ、名前が変わるんだよね」

話題を変えるつもりだったのだが、今度は菜央子が後悔した。

「出世魚だからな」

啓介も口にするまで意識していなかったようだ。

「ワカシ、イナダ、ワラサ――」とつぶやいたところでしばらく言葉が途切れた。

「俺はブリにはなれなかったな」

「いいじゃん、ブリじゃなくたって」

急いで言ったけれどどう受け止められたか。

「でかいほうが美味《うま》いんだ。ワカシなんて脂も味も全然ない。今日のは一メートルクラスじゃないか」

「でも捕まって食べられちゃってるじゃん。人間はそんなことないもん。人間に生まれたのが一番の勝ちだよ」

「それはそうなんだろうがな」

「シメにしようよ」

もう一度軌道修正を図る。

思いがけず啓介は素直に立ち上がった。

うどんを鍋《なべ》に投入し、温まったら塩味をつけたダシと一緒に取り鉢によそう。

「しみじみするね、このスープ。雑炊もいけそうだけど、うどん、すごくいいわ」

啓介がもう一度台所から運んできたのは七味とコショウだった。

「意外にな、コショウが合うんだ」

「ほんとだ」

心配するほどじゃないのかな。

普段の調子を取り戻したような啓介にほっとする。

本心を見せたがらない面倒臭い人だから気は抜けないけれど。


ブリは百万粒の卵を産むらしい。

稚魚はほかの生き物、時には同じ種類の先に成長したものにも食われ食われて、ワカシに育つのさえほんの一部だろう。

苦労に苦労を重ねてブリになったと思ったら、釣られ、あるいは網にかかり、急所を刺され、血と神経を抜かれたあげく切り刻まれる。

諸行無常である。

駅の待機スペースで啓介は考えていた。

この半月ばかり、折に触れて思い出し、反芻《はんすう》してきたことだ。

俺は会社でどのへんまで行ったのだろう。

残っていたらブリになれたと信じてきたけれど、果たしてどうか。

ブリになれたから幸せかどうかも分からない。

菜央子の言う通りかもしれない。

飲み食いにせいぜい楽しみを見出《みいだ》して、人間に生まれたありがたみを享受していればいいのだ。

悔しく、無念ではあるけれどももともと高望みだった。誰にも分というものがある。頑張れば何でも手に入るなんて、甘ったれの幻想だ。

諦《あきら》める潔さこそが啓介の美学ではないか。

点《つ》けっぱなしにしていたナビのテレビの画面に映っているものに気が付いて、啓介は息を呑《の》んだ。

ゲロ女だ。

このあいだとうって変わった、満面の笑みを浮かべている。

「夢見てるみたいです」

「別のドラマのオーディションがきっかけだったとか」

記者会見らしい。

豪勢な花の飾られた会場で、関係者が並んで座る長テーブルの真ん中に陣取った女にフラッシュが浴びせられる。

レポーターが質問を続けた。

女は束ねられたマイクに向かって、誇らしそうに答える。

「そうなんです。そちらは、役のイメージに合わなかったらしくてご縁がなかったんですけれど、プロデューサーの方がこの映画もやってらっしゃって、監督さんに話していただいて」

一瞬言葉に詰まってから「ほんと、こんなことあるんだなあって」とつぶやいた。声が震えていた。

客待ちの車列が動き、啓介も慌てて続いた。テレビの画面が自動的にオフになり、戻った時はトピックが変わっていた。

こういうのも、諸行無常のバリエーションなのだろうか。

俺もやっぱり、枯れ切ってはしまえない。

飯なんぞ作って満足しているわけにいかない。

もうひと花咲かせたい。虚栄と分かっちゃいるけど、人間の中でそこそこは上のほうへ行きたい。

しかし日暮れて道遠し、どころかどの道を進めばいいのかさえ心が定まらない啓介なのだった。

# 鰤《ぶり》

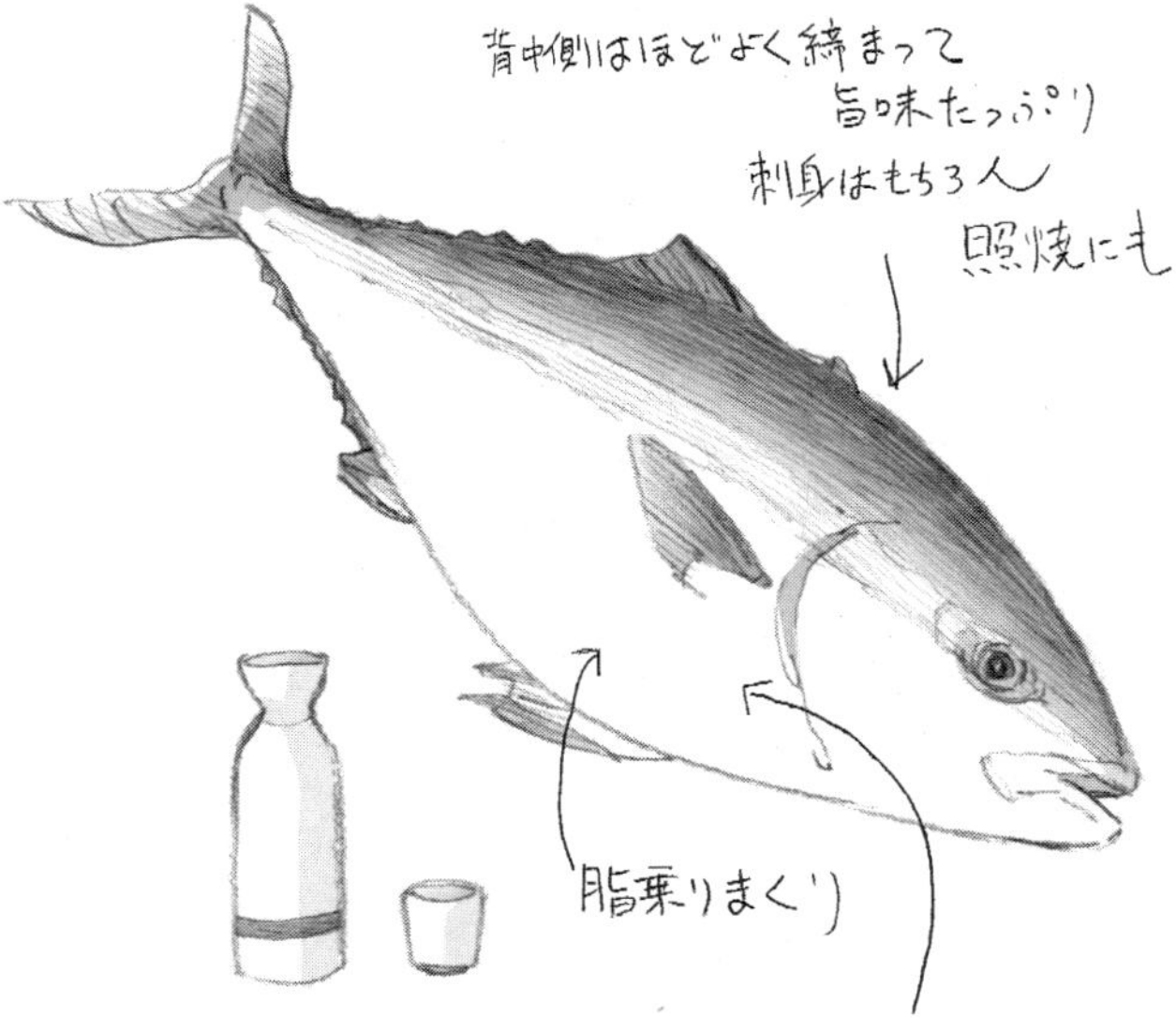


遊穂の湯〜ほっ。
（石川）

お燗用に造られたお酒です

よく動かす場所なので
肉質に力強さを感じる
煮ても焼いても

# 第二話　初ガツオ銀皮造り

日本人男子の平均寿命は八十を越えた。

しかしボケて長生きなど絶対に嫌だ。

どうやったら避けられるかは大問題だが、とりあえずおいておく。

それなりの活力を保てるのはいつまでか。

分かるはずもないけれど、見聞きする実例からは七十五くらいなら計算に入れられそうに感じる。

後期高齢者なる区切りと重なるのも、悪評芬々《ふんぷん》ながらそれなりに権威のある学者かなんかの意見を聞いて決めたものだろうから、一定の根拠になるのではないか。

とすれば何かを成し遂げられる可能性は辛《かろ》うじて残っている。

現に、七十五なんて屁《へ》でもないタフな年寄りが綺羅星《きらほし》のごとく存在する。

クリント・イーストウッドは九十歳を超えて映画を撮り続ける。

草間彌生《くさまやよい》だって九十過ぎだ。八十歳でエベレストに登ったのは三浦雄一郎《みうらゆういちろう》。

経営者なら七十過ぎなど珍しくもなんともない。

もっとも彼らはずっと前からその道に精進してきた。積み重ねの上に花を開かせているのだ。

年齢なんて関係ないと煽《あお》る材料として、欺瞞《ぎまん》を含むと言わざるを得ない。

その点、伊能忠敬《いのうただたか》が五十過ぎで一から測量の勉強を始め、初めて日本の精確な地図を作ったのは掛け値なく励まされる話だ。

と思って、立原啓介はタクシー運転手として働きながら一発逆転を目指し、道を探ってきた。

問題は、何を成し遂げるかだ。

忠敬のころの測量学みたいなものは現代に存在するだろうか。

情報があっという間に広がる中、役に立ちそうな学問や技術は生まれたとたんに目をつけられ、先行者にしゃぶりつくされる。

幸いと言うべきか、啓介には世の役に立ちたいなんて気持ちはない。

自分が生きた痕跡《こんせき》を残したい。

もっといえば、有名になってちやほやされたい。それだけである。

一度人生を失敗した身でありながらどうしても消えない欲望だ。失敗したからこそだろうか。

目指すのはクリエイター系。何といっても格好いい。

だが、ちょこっとであれ有名になるハードルは高い。

何だったら啓介にもできそうか、という方向に話は矮小化《わいしょう》されてゆく。時間もそうだが、かけられる金だって限られる。

何度か試したのが写真だ。

見るのは結構好きで、アンリ・カルティエ＝ブレッソンの写真集など買って持っていた。

絵にはまったく自信がないけれど、シャッターを押せばいいのなら感性だけで勝負できるかもしれない。

ブレッソンの作品がほとんどスナップなのもよかった。モデルを雇ったりスタジオを借りたりはとてもできないが、デジタルの時代、スナップなら最初のカメラ代のほか、ほとんどかからないはずだ。

で、ネットオークションに出ていた一眼レフと何本かのレンズのセットを買ったのである。

運転手の仕事に慣れ、生活もとりあえず安定した七、八年前だった。

常にそのカメラを持ち歩いたのは一週間くらいだ。

思ったより大きかった。交換レンズなしでも十分邪魔だ。

首にかけて自転車に乗るとぶらぶらしてハンドルにぶつかりそうだし、スーパーに入ったら入ったで人の目が気になる。

一カ月ちょっとで部屋の隅に置きっぱなしになり、やがて押し入れに仕舞い込まれた。

買ったのとさほど違わない値段でまた売れたのは、啓介と同じような人間が結構いるからに違いない。

構図や露出に凝ったつもりで撮った多少の写真も、見直すと稚拙でプリントさえしないまま終わった。

しかし啓介はまだ諦《あきら》めなかった。

素人らしく、もっと気軽にやればいいのだ。

スマホで構わないから、ありのままの日常を切り取って記録しよう。

どこかの田舎のおばあちゃんのそういう写真が芸術として評価され、美術館で展覧会が開かれたというニュースもあった。

残念ながら、啓介がどれだけパシャパシャやっても、おばあちゃんの写真にはあふれているエネルギーや人間の感情、あるいは地域の歴史といったものを捉《とら》えられた気はしなかった。

才能のなさを痛感するとともに、もともと写真を撮ることが嫌いだったと思い出した。

名所などで猫も杓子《しゃくし》もスマホを構えているのを見るとげんなりする。

目の前に素晴らしい景色があるなら、肉眼で楽しめばいい。

後で見返したいのだとしても、プロの素晴らしい作品がたくさん公開されているのに、下手糞《くそ》が手を出す必要などあるだろうか。

残るのは何だ？

ユーチューバーなんていうのも、若い世代が中心ではあるが、たまに中高年の素人でバズるのがいるらしい。

いくつか見てみた。

日曜大工の様子を延々と映したやつ。釘《くぎ》すら真っ直ぐ打てていない。啓介でもできそうだけれど、見て何が得られるのか？

といって笑えるほど面白くもない。

こんなものを天下に曝《さら》すほど厚顔無恥ではない。

万が一有名になれたとして、ちっとも格好よくない。少なくとも啓介の美意識にそぐわない。

結局どれもうまくいかなかった。

続いているのは、最初に手をつけたものでもある一つだけ。

それもこのところ放りっぱなしだったが、タクシーの中でゲロをぶちまけた崖《がけ》っぷちの俳優が、映画の主役をつかんだのに刺激された。

勤務明けだが翌日も出るので酒は控えなければならない夕食の後、啓介は自分の部屋に戻って六畳間の窓に面して置かれたデスクに向かった。

ノートパソコンを開いて電源を入れ、デスクトップに並んだアイコンから〈液晶の帝国《ていこく》（仮題　3稿）〉というワードを選んでクリックする。

四十字×四十行でレイアウトされた縦書きのページの冒頭に、アイコンと同じタイトルが打ち込まれている。

一行空けて始まる本文を、カーソルを移動させながら目で追った。

二ページ目、三ページ目と進んだが、四ページの真ん中あたりで途切れている。

止まったカーソルをじっとにらむ。

キーボードの上で動かし始めた指は五行で止まった。

新たに書いた分を選択して消去し、また考えて書き始める。

何度か繰り返したあと、大きくため息をついた。首を左右にひねるとごりごり音がした。

ヤフーのポータルサイトを開き、ニュースを読む。

関連ニュースに飛んで、気になったことがあったので検索して調べる。

その日パソコンに向かっていたのは二時間弱だったが、実態としては八割方ネットサーフィンをしていた。

進んだのは十四行。四百字詰めの原稿用紙にすると一枚少々か。

小学校の作文の時間には、四十五分で五枚くらい書けた気がするのだが、もう限界だった。

首の凝りが脳みそに及んでいる。それとも脳細胞が油切れだから首も凝ってくるのか。いずれにしても、考えるエネルギーが残っていない。

布団にもぐり込むと、頭の痺《しび》れが全身に広がるとともに意識が遠のいた。


仕事に出る朝の起床は五時四十五分だ。

起きたら顔を洗ってテレビ体操をする。朝の場合は三十分も待っていればリアルタイムの放送でいけるはずだけれど、自分のペースに合わせるにはやっぱり録画を使うことになる。

続いてコーヒーを淹《い》れる。

豆はエルマートのそばにある自家焙煎《ばいせん》の店で買う。豆で買って、手回しのミルで挽《ひ》く。

体操する前に電気ポットの電源を入れれば終わるころには沸いている。それをマグカップに注ぎ、さらにドリップ用の口が細いポットに移すとほどよい温度になる。湯が熱すぎると味が尖《とが》り、香りは出にくくなってしまう。

粉になった豆に少しずつ湯を垂らす。

粉が泡立ち、ドームのように盛り上がる。やがてドリッパーの下から真っ黒な液体が滴り落ちる。

湯を足すほどよいスピードを維持するには心が平静でなければならない。

茶道はやらないけれど、お点前《てまえ》の気分もこんな感じではなかろうかと思う。

マグカップ二杯分いれるのは、まだ寝ている菜央子のためだ。啓介が飲む時は自分の分もお願いと頼まれている。

もちろん金は取る。ボランティアでないとはっきりさせなければならない。二百円である。

菜央子は朝コーヒーだけのようだが、多少腹に入れておきたい啓介はパンにハムと溶けるチーズを載せてクロックムッシュー的なものを作る。日によってベーコンエッグだったり、ジャムを塗ったりもする。

この間、ニュースや天気予報をチェックするためにテレビは点《つ》けっぱなしにしておく。特に天気予報は仕事への影響が大きいので外せない。交通情報ももちろん役に立つ。

着替えて出発するのが七時である。同じくらいに起きてくる菜央子と顔を合わせる確率は五十パーセントといったところだろうか。

この日は、二階から「いってらっしゃい」の声が聞こえたけれどそこまでだった。

池袋までの西武線はすでに人でぎっしりだ。

しかし乗り換えて赤羽へはラッシュと逆向きになる。

混むことでは有数という湘南新宿《しょうなんしんじゅく》ラインだから座るのは難しいが、仕事中ずっと座りっぱなしの身だから気にならない。

営業所に着き、点呼、アルコールチェックを経た後、出庫となる。

朝は病院通いで呼ばれることが多い。寒い時季はなおさらだ。

足立《あだち》区にある東京女子医大の病院で客を降ろし、診療を終えた客が出てくるにはまだ早い頃合いだったので、都心を目指して尾久橋《おぐばし》を渡ったところでまた配車アプリの通知音が鳴った。

絶対に受けなければいけないわけでなく、無視することもちょくちょくある啓介だが、この時は知っている客だったのですぐ取った。

近所のリサイクルショップ店主で、自宅でもある店に車を呼んでいる。

前にも迎えに行ったし、送りもした。ナビになど頼らなくても行ける。

車線は反対だったが、右折できる交差点から要領よく向きを変えた。啓介はすでに十二年この仕事をやっているのだ。

客のほうは、啓介が働く「ホテイタクシー」指定でアプリを使っているようで、このあたりは赤羽営業所のお膝元《ひざもと》だから、ちょくちょく当たって不思議はない。

商店街の中の目的地に数分で着いた。午後三時から六時までは車で入れないが今は問題ない。

朝のうちに来たのは初めてかもしれない。店もまだ開いていない。

シャッター脇のくぐり戸についているインタホンを押す。

「ご苦労さま。今行きます」

聞き覚えのある声が返ってきた。

店主もそこそこの歳で、やっぱり病院かなと思っていたが声から推測する限りしゃんとしている。

言葉通りすぐ、かちゃりとアルミの軽い音がしてくぐり戸が開いた。

ノブをつかんでいる手が血まみれでもあるかのように真っ赤なのにぎょっとした。続いて二本の角を生やしたもしゃもしゃ頭が現れ、後ずさる。

しかし赤鬼はダウンコートを羽織り、クロックス履きだった。

顔、コートの下にのぞく胸、腹、虎柄パンツから突き出した足の先まですべて赤いが、目を凝らすと全身タイツ、手袋、靴下で隙間なく肌を覆っているのだった。顔に塗っているのはドーランだろう。

続いて出てきた、一本角の青鬼も同様だ。

「おい、忘れちゃだめだ」

店主が、黒いプラスチックバットを持って追いかけてきた。啓介と目が合ってちょっと申し訳なさそうな表情になる。

「びっくりさせましたかね」

その日は節分だった。

店主が組合長をやっている商店街でも鬼と福男、福女が登場する豆まきイベントがある。この鬼たちは、若手の組合員が扮《ふん》しているそうだ。

イベントは歩行者天国に合わせた午後だが、午前中も、依頼を受けた地域の保育園や幼稚園へ鬼を派遣する。

行ってから鬼に変身するのは時間がかかるし、変身中に子供に見つかるかもしれない。

といってこの姿で街をうろつくのは、コートを着ていてもはばかられる。

組合長のところで準備して車で回ろうとなったものの、園によっては駐車スペースがなく、タクシーを使うことにした、というわけだった。

「しっかり頼んだぞ」

組合長に言われて、鬼たちは「頑張ります」と殊勝に答えた。

「大変ですね」

思わず啓介も、乗り込んできた彼らに声をかけた。

「仕事みたいなもんですから。もう何年もやってますし」

「その時はコートも脱ぐわけだ。寒いでしょう」

「暴れなきゃいけないから寒さはあんまり感じないけど」

赤鬼の返事に、苦笑しながら青鬼が付け加える。

「最初は恥ずかしかったですけどね。子供たちに喜んでもらえるのは俺らも嬉《うれ》しいんで」

あくまでも鬼たちは真面目である。

「僕らの子供がいる保育園にも行くんですよ。身バレしないよう気をつけなくちゃって」

顔に色を塗るだけでは足りないと思ったらしく、口を大きく描いてキバをはめ、かつらに合わせた太い眉《まゆ》を付ける念の入れようだ。小さい子供なら、本物の鬼と信じるかもしれない。

目的地が近づくと赤鬼は電話をかけて、子供たちを大部屋に集めておくよう打ち合わせをした。

裏口には保育士が待っていて、車を降りた鬼たちを素早く誘導する。

その前に青鬼は、裏口を視界に入れられるあたりを指して「あのへんに停めといてくれますか」と啓介に指示を出していた。

「十五分くらいで戻りますんで。そしたらまたさっと」

啓介も気になって、ハザードを光らせて車を離れ、保育園の前で耳を澄ませた。

甲高い悲鳴が聞こえてきた。

火がついたように泣き叫んでいる子もいる。

しかし保育士たちのものだろう「鬼は外」の掛け声が上がり、子供たちも続いて大合唱になった。

鬼は豆をぶつけられているところだろう。

そろそろこちらも仕事か。

車に戻るとほどなく鬼たちが出てきた。

見送りの保育士が何人か、鬼と頭を下げ合っている。紙袋を渡す年配の女性は園長だろうか。

小走りで近づいてきた鬼にドアを開けてやった。

「大成功でしたね」

「聞いておられたんですか」

照れ臭そうに青鬼は言った。

「痛くなかったですか」

「ああ、豆？　子供だからそれはどうってことないんですけど」

踏むと足の裏がきついらしい。

「赤く塗っときゃ上履きでもいいようなもんですけど、五本指にしたいんですよ。靴下しかないんですよね、五本指は」

「なるほど」

「痛いだけならともかく、金棒を振り上げた拍子に滑って転んじゃったことがありましたね。大笑いになっちゃって。怖がられるどころじゃなかったな」

やっぱり大変だと思う。少なくとも啓介はやりたくない。

鬼たちはさらに三カ所、同じように子供たちを怖がらせたあと、豆をぶつけられて退散した。

「これでおしまいです。組合長んちへ戻ってください」

最後の幼稚園から出てきた青鬼が、シートに背中を預けて、少しくたびれた声で言った。

「ご苦労さまでした」

「いや、午後のほうが本番なんで」

「あ、そうでしたね」

車を出した啓介に赤鬼は、「本番だけど、商店街でやる時は福男と一緒に練り歩くだけっすからね。保育園とかのほうが気合入りますね」と言った。

「こういうのって、子供にはいつまでも残る大事な思い出になると思うんすよね。手、抜けないっすよ」

「そうですよねえ」

鬼のプロ意識に、啓介は改めて感心したのだった。


ところが、である。

十日ほどの後、午前三時過ぎに営業所へ戻った啓介を、一足早く仕事を終えていたらしい大下忠男《おおしたただお》が見つけて近寄ってきた。

大下はこの営業所に二十年以上いる古株で、歳も啓介よりいくぶん上のようだが、気さくで同僚から慕われている。

運転手仲間と必要以上につるまない啓介だけれど、こだわりなく接してくる大下とは構えず話せるようになった。

「たっちゃん、このあいだ鬼、乗せた？」

休憩所にいた大下は缶コーヒーを手にしている。自身、鬼瓦系の風貌ということもあり知らない人だったらぎょっとしそうだ。

「よく知ってますね」

「やっぱりか」

少し考えて啓介は「ああ、組合長ですか」とつぶやいた。

「今日呼ばれてよ、俺が取ったのよ。そしたら鬼がホテイさんに世話になったって話が出てさ」

「ええ」

「真面目そうな運転手さんって言うから。たっちゃんかなって。マーキュリーで働いてたエリートですよって教えたらびっくりしてた」

こういうところが大下の困ったところだけれど憎めない。啓介も笑って聞き流しておく。

「びっくりはこっちでしたよ」

「いきなり鬼だもんな」

「それもそうだけど、鬼やってた人たちがね。あの人たちこそ真面目だったなあ。私なんか足元にも及びません。大下さんがどう思われてるか分かりませんけど、ひねくれ者ですからね」

最後のへんはよく聞いていなかったのだと思う。うんうんうなずく大下に、鬼たちのである。

しかし大下は不意にしかめ面になって「まったくとんでもねえ話だ」と吐き捨てた。

「組合長がこぼしたんだよ。いや昨日は鬼に関係ある用事じゃなかったんだけどさ、タクシーつながりで思い出して、言わずにいられなかったんだろうなあ」

鬼が訪問した保育園の一つに、母親から苦情が寄せられたのだという。

商店街に言ってきたわけではないけれど、鬼の子供も通う園だったので噂が伝わった。

いわく、園での豆まきのあと、息子の性格が激変した。

その日迎えに行った時から、母親の顔を見るなりこらえていた涙を溢《あふ》れさせて、しがみついたまま離れなかった。

活発な子供だったのに、おどおどあたりを窺《うかが》ってばかり。笑わなくなった。

鬼が来たら嫌だと、一人になるのを怖がり、卒業したはずの添い寝を復活させなければならなくなった。トイレにもついていかないといけない。

脅かされたのがトラウマになったに違いない。

元の息子を返してほしい。

節分の行事など何の役にも立たない。すぐ廃止すべきだ。

「へえ」

驚いたが、今の世の中ならありそうな話とも思った。

大下は激しく憤っている。

「考えられるか、普通。商店街の連中は地元のためにと思って、手弁当で頑張ってるわけだろ。ボランティアってやつか」

保育園から紙袋を渡していたのは、基本的に無償であることの裏返しではあるだろう。

「でしょうね」

「子供が泣くからってなあ、普通泣くもんだよ、子供は。怖い目見て、ちょっとずつ成長してくんだ。なあたっちゃん」

コーヒーを飲むのも忘れてエキサイトする大下をどうなだめればいいものか。

「ほとんどの子はいつまでも怖がってないでしょうけどね」

「特別なのに合わせてらんねえよな。なのにどこまでもウチの子は、ウチの子はだ。だからいつまで経っても怖がりが治んねえんだよ」

「かもしれませんね」

「百歩譲ってだ、どうしても我慢できねえんなら節分は休ませりゃいい」

「親も仕事にいかなくちゃいけないから、難しいんじゃないですか」

「働く権利がどうとかって大騒ぎすんだな、そういう連中は。自分の都合しか考えてねえんじゃねえか。で先生のほうが平身低頭。おっかしな世の中だ」

啓介も基本的には大下と似た感覚を持っている。

大騒ぎは嫌いだ。見苦しい。

鬼をやった親があれだけ頑張っているのだから、多少の不利益くらい我慢しろ、と思う。

鬼の子供たちのことも考えた。大人のもめごとが園児たちに伝わり、誰それのお父さんと指弾されるような状況になったら辛《つら》いだろう。

だからといって、文句をつけてきた親がけしからんと簡単に決めつけていいかは分からない。

子供に寄り添うのを面倒がっているだけかもしれないが、ほかのことでひどく忙しい可能性もある。

そもそも、親だから我慢しなくちゃいけない、みたいな考え方が古いとの主張をあちこちで見かける。

与《くみ》するかはともかく、どこまでOKでどこからNGか、はっきり線は引けないだろう。

つまるところ啓介には結論が出せない。

自分の身に降りかかってくることなら無理にでも決めなくてはいけないが、この件に関しては損も得もない。

「おかしなこと、多いですよねえ」

「どうなっちまってんだろうな」

「どうなってんですかねえ」

大下が純粋な正義感で怒っているのはよく分かる。不誠実で申し訳ないが、相手が大下だから機嫌を損ねないよう気は遣いつつ、話がおしまいになるのを待った。

さっさと帰って寝ないといけない。

啓介こそ忙しくてしょうがないのである。仕事以外の時間は特に。


昼に目覚めて飯を食った啓介は、買い物を後回しにしてまた間が空いてしまった小説書きに取り組んだ。

料理にばかり時間とエネルギーを費やしていてはいけない。

その日も酒は控えなければならず、夜でもよかったけれど、先にやらないとさぼってしまいそうで自分にムチ打った。

もっとも、どうせ飲めないのだからそこまで気合を入れて料理しなくていいや、という頭があったのも否定はしない。

案の定だろうか、一時間少々で力尽き、大した進捗《しんちょく》は見られなかったが、そのあとすぐ買い物に行ったわけでもない。

小説を書かなくたって、やることは十二分にある。

週に二回は身体を動かすと決めているのもその一つだ。

ジョギングか泳ぐかで、冬場はジョギングが主だ。いずれにせよ今日やっておかないと後のスケジュールが窮屈になる。

石神井公園まで自転車で向かった。

公園は隣り合う二つの池、石神井池と三宝寺池《さんぽうじ》のまわりに整備されている。

一周すると四キロ弱のコースだが、それだけでは走るのに二十分かかるかかからないか。有酸素運動が脂肪燃焼効果を発揮するのは二十分後かららしいので、これからというところでやめてしまうことになる。

周回を増やせばもちろん解決するけれど、それはそれでしんどく、同じ道を繰り返し走るのも芸がない。

いろいろ試して、今は三宝寺池の池っぺりを巡る木道のウォーキングとジョギングを組み合わせている。三宝寺池は武蔵野《むさしの》の面影をよく残しているそうで、四季折々の景観も楽しめて一石二鳥だ。

ジョギングコースがランナーで溢れかえる時もあるが、平日はのんびり散歩する人がほとんどである。

たまに運動部の中学生が集団で走っており、当然ながらあっという間に置いていかれる。ハナから勝てないと分かっているし、そんなことで勝負する気もない。

基本的にスポーツが苦手な啓介にとって、ジョギングも水泳も体形と体力を維持するための手段に過ぎない。

意識するのはむしろ、釣りをしていい石神井池のほうで、じっとウキを見つめている年寄りたちのほうだ。

釣れているのを目撃したことがない。なのに寒い時も暑い時も、ああやっておそらく日がな一日過ごしている。

年寄りといったって啓介とそれほど違うまい。

時間を浪費するのが怖くないのか。

進歩を諦《あきら》めきってしまったのか。

彼らみたいになれたらあくせくすることもなく楽しく残りの人生を過ごせるだろう、なんて思ったりもする。

ノルマをこなして自転車を停めた場所に戻ったら四時を回っていた。

鮮へ行く余裕はないし、行っても夕方にろくなものは残っていない。

その足でエルマートへ転進する。

トレーニングウェアのポケットにはクレジットカードとエルマートのポイントカードを忍ばせている。

エコバッグも持参して、自転車のハンドルに結び付けておいた。

エルマートはここ数年、品揃えがよくなった。その分値段も上がったように思うけれど、安かろう悪かろうより、啓介にはありがたい。

おそらくコロナの影響だ。コロナのあいだ外食ができなかった分、スーパーの売上げが伸びた。

ちょっといいものを家でという需要もあり、エルマートはうまくつかんで客単価を上げたわけだ。

成城石井みたいな高級スーパーにしかなかった食材を見かけるし、プライベートブランドのドレッシングなんかも、プレミアムなんてシリーズで凝った製品を出すようになった。

青果コーナーで光っていたのはやはり大根だ。

寒くなってから毎回のように料理に使っている気がするけれど、冬野菜の王者なのだから仕方ないだろう。

そして冬場、王道の食べ方と言えば煮物になってくるわけで、丸か三浦《みうら》が最高だが、エルマートでは見たことがない。しかしありふれた青首でも二月にはどっしり太ってみずみずしい。

自然物で最も白いものの一つと思えるその肌は、ヒゲもほとんどなく艶《つや》やかだ。なでるとすべすべしている。

おでんにするか。

いや、この白を汚したくない気がする。

風呂吹《ふろふ》きにして肉味噌《みそ》をあしらうか。

あっさりめのものと合わせて塩、酒の味つけですっきり炊き上げるか。

特にむちっとした一本を選んでカートに入れ、とりあえず次の魚売り場へ回る。

びっくりした。

狭いながら姿の魚を並べる一画を設けてあるのだが、そこに五十センチほどのカツオが横たわっていた。

それも千葉産の朝獲《ど》れ。

鮮度のバロメーターである縞模様《しまもよう》がすりたての墨で引いたみたいにくっきりして、エラは真っ赤だ。

大根とは方向性がまったく異なるけれど、これもすばらしく美しい。

そっと触った指は、当然のように強い弾力で押し返された。

カツオ自体は珍しくも何ともない魚である。

たいていのスーパーで刺身が手に入る。高くもない。一匹の四分の一をサクにしたもので千円はなかなかしない。小さければ三百円くらいのこともある。

それはそうだ。日本の食文化の屋台骨を支える、鰹節《かつおぶし》の原料なのだ。たくさんとれてくれないと話にならない。

獲れる時期も長い。

昔は五月くらいに初ガツオ、秋になると戻りガツオがそれぞれ時季だったが、温暖化と漁法の進歩で冬場を除いていつでも、という感じになっている。

だとしても二月は早すぎる。

「目には青葉、山ほととぎす初鰹」が本来なのに、まだ落葉樹は裸の枝を寒風に揺らせているではないか。

これは変わり者のカツオが一尾二尾、たまたま引っかかったというのではないはずだ。

スーパーはまとまった量でなければ仕入れない。

朝獲れをスーパーで売るのも珍しいが、エルマートは鮮魚部門も奮闘している。契約した漁師から直接買い付けたのだろう。

それは獲れる見込みが前から立っていた証拠でもある。

初ガツオは、啓介の好物だ。

脂の乗りきった戻りガツオのほうが美味《うま》いという人もいるけれど、まだ若々しい、どちらかといえば未熟さを感じさせるのがいい。

サクになったものもパックされて売っていたが、尋ねたら丸を下ろしてくれるというので、腹側を皮つきで買った。

九百円。

マックスに近い値段だが高いとは感じない。

江戸時代には、初ガツオを口にするために妻を質に入れるなんてのがいたとかいなかったとか。

本当か分からないが、法外な値がついたのは確からしい。それでもせいぜい四月がいいところだろう。

節分からまだ半月経っていない。

飲まない日は大したものを作らないと言っているのに、菜央子はやっぱり帰ってくる。

土日だって結構な率でそうだ。

男はいないのか？

一度訊《たず》ねたことがある。

「そういう質問は、親でもしちゃいけないの」

娘からもセクハラで訴えられたりするものなのだろうか。心配なので以後は控えている。

もちろんあれこれ推測はする。

多分いないのだろうと思う。いたら、いくら飯を安く食えるからといって、こんなひねくれ親父と一つ屋根の下で過ごす時間はせいぜい短くしようと努めるだろう。一人暮らししたっていいのだ。むしろしないのが不思議なくらいだ。

ケチなのか？

将来の大きな目標でもあって貯金しているのか。

謎だが、子育ては終わっている。

菜央子のことは菜央子が決めればいい。啓介のことを啓介が決めるのと同じだ。飯を作るのはどこまでも啓介が作りたいからだ。

いつも通りドットに煮干しをやって、人間も食事に取りかかった。

カツオは皮をつけたままで刺身に引いている。

若いカツオだとまだ皮が柔らかく、腹のほうはこういう食べ方ができる。

あぶってタタキにするのではなく、生の皮をいっしょに食べるのだ。銀皮造りという。

身は、脂で白っぽく見える戻りガツオと違って赤みが強い。角度によって虹《にじ》のようにさまざまな色合いに光る。切り口には年輪のような弱い筋が入っている。

「きれい」

一人前ずつ盛りつけたそれを前に、菜央子が声をもらした。

嬉《うれ》しくなくはない。

菜央子が何を評価したか分からないが、角が立つように切ることには腐心した。カツオの刺身、特に銀皮造りでは命だと思っている。

ブリを大皿に花のように盛るのなら、丁寧にやれば誰にでもできる。

しかし角を立てて刺身を引くのは簡単ではない。

何より包丁が切れないといけない。

啓介は刺身専用の柳刃を持っており、今日は砥石《といし》も当てた。

自分できちんと研げる自信がないし、面倒でもあるから年に一回くらいのペースでプロの砺屋《とぎや》に出している。

まだそこそこの切れ味が残っていたけれど、上を目指してできることはやろうと思ったのだ。洗っても取り切れない脂っ気を研ぎ落すだけで違う。

甲斐《かい》あって、銀皮の角はほとんどダレず、触れたら手が切れそうにさえ見える。と言ったら自画自賛が過ぎるだろうか。

薬味はシンプルにショウガとネギだけ。今の時季には大葉が不似合いに思えたからでもある。

ひと切れ食べて口に広がったのは、薬味によって引き立てられた、魚の爽《さわ》やかな香りだ。

続いて皮の食感。皮の下にほんのり蓄えられた脂がようやく控え目な主張を始めた。あるかないかだけれど、味わいに奥行きを与える。

「いいな」

自然とつぶやいていた。

「美味《おい》しい、美味しい」

菜央子は続けざまに刺身を頬張ってビールをあおる。

グラスは啓介の手元にもあるけれど、ちびちびしか飲めない。今日は缶一本だけだ。

「ご免ね、私ばっかりいっぱい飲んで」

謝りながら菜央子は新しい缶を開ける。

謝るくらいなら控えろ。

しかし悪気はないのだろう。心から申し訳ないと思いながら、行動との矛盾に気づかない。

欠点であり美点でもある。啓介にこういう振舞いはできない。

酒を控えるならその分飯を食うしかない。幸い、カツオの刺身は米にも素晴らしく合う。

カツオに限らず、刺身に相性抜群といえば日本酒だけれど、それ以上じゃないかと、酒飲みでありながら思うことがある。

日本酒の原料だから当然だろうか。

寿司ももちろんうまいが、熱い白飯に、醬油にどっぷり浸した刺身を載せて口に放り込む醍醐味《だいごみ》は名状し難《がた》い。

ほかのおかずにも手を伸ばす。

大根は結局、手羽先とのスープにした。

味、そして見た目もすっきり澄んだスープだ。

手羽先を湯通しして洗うことでアクが抑えられる。

鶏の皮のぐにゅっとした食感が苦手なので、さらに焼き付けてから使うのが啓介流だが、その時も焦がさないよう細心の注意を払う。

酒を飲めないから簡単な献立にしたつもりだったのに、手羽先にまで地味な手間をずいぶんかけてしまった。

下処理したものを、大根、ショウガの皮といっしょに改めて水からことこと炊く。

一番重要なのが火加減で、弱火ほど望ましい。

啓介の家では昔ながらのブルーフレームの石油ストーブを使っており、その上に鍋《なべ》を載せておく。時間はかかるが素晴らしい結果が得られる。

母親もそうしていた。キャベツと合わせることも多かった。皮はぐにゅぐにゅだったけれど懐かしい味だ。表面に浮かぶ脂を箸《はし》で合体させて大きな円にするのも楽しかった。

もうひと品は、冬野菜のもう一つの代表、ブロッコリーの天ぷらにした。

やる人があまりいないみたいだけれど、ブロッコリーやカリフラワーは衣を付けて揚げるととてもうまい。中がほくほくになって、かりっとした衣との対比が絶妙だ。塩、レモンで食べる。

それにしても冬丸出しの二品に、ぴかぴかの初ガツオが挟まれている情景は――。

「やっぱり、しっくりこないと思わないか」

飲み食いに忙しい菜央子は、口に入れていた天ぷらを呑《の》み込んで「何が？」と訊《き》き返した。

「さっきも言っただろ。カツオがむちゃくちゃ早いって」

「温暖化は困るわよね」

「それ以前に気持ち悪い。自分で献立考えといてなんだが」

「私は美味しけりゃいいけど、確かに季節感も大事ね」

「当たり前だ」

啓介は語気を強める。

「味ってのは舌で感じるだけじゃない。それは美味しさの一部でしかないんだ」

「なるほどね」

「ほかの要素は考えない、気づこうともしないなんてのは俺に言わせりゃ怠慢だ」

菜央子はにやにやしだした。

「パパって真面目」

また真面目か。

「どう真面目なんだ」

「真面目よ。ねえ」

ストーブの前で香箱を作っていたドットに声をかけた。

香箱を作るという表現は、内田百閒《うちだひゃっけん》の小説に出てきて覚えた。

香箱がどんなものか、調べても「お香を入れる箱」とほとんど同語反復の域を出ず、形もただの箱とどう違うか分からなかったが、猫が手足を身体の下に入れて丸まっているような格好のことで、リラックスしている時にするそうだ。

菜央子に声をかけられて、ドットは顔を上げ、にゃーと鳴いた。

「ほら、そう思ってるみたいよ」

啓介だったら無視されていた気がする。面白くない。

俺は真面目なんかじゃない。

季節感を守りたいなら温暖化反対の抗議デモに参加すべきだろう。

洗濯機の乾燥機能はなるべく使わないとか、夏場、トイレ便座のスイッチを切るくらいはするが、それだけだ。

思い切り関心があることでさえ、しゃかりきになるのは避けている。

「菜央子さ」

ふと、節分の鬼の件が頭に呼び覚まされた。

「保育園で、豆まきやってたよな」

「今度は何よ」

まだおかしそうな表情をしている。

「多分あったと思うけど」

「写真を見た気がするぞ」

「だったらあったんだろうな。待って。あったわ。確かに鬼が来た」

「鬼は誰がやったんだ」

「保育園の先生じゃないかな。よく覚えてない」

その程度のインパクトだったのかといくぶん拍子抜けする。

「怖かったか?」

「どうだったかなあ」

「泣いてる子いたか?　それ以降性格が変わったとか」

「どうしたのよ」

やむなく説明すると、菜央子はふんふんうなずきながら聞いて、「そういうことだったら、もうやめちゃったほうがいいかもね」と言った。

「あっさりしたもんだな」

「だってメリットないんじゃない?　経験とか教育とかなら別に鬼でなくていいように思うし。レクリエーションとしたって、なくなって子供たちがものすごく残念がるか疑問だし」

予想外の視点だった。

しかしもっともかもしれない。

節分には豆まき、鬼。

なくなるなんて信じられない、というのはすでにそこそこ古い世代だろう。

ディズニーランドのアトラクションのほうが面白いに決まっている。今の子供なら、菜央子のころ以上に進化した刺激の中で育ったはずだ。

伝統があるかどうかなんて関係ない。

諸行無常。

実際、消えたものがいくらでもある。

遊びでいえば、正月の凧揚《たこあ》げやコマ回し、すごろくなんて今では伝統芸能の範疇《はんちゅう》ではないか。

はっきり害悪と認定されさえする。

しばらく前、花いちもんめ禁止、というニュースがあった。誰それがほしい、と指名するのが差別やいじめにつながるということだった。

しかし、簡単に納得するのもシャクである。

「鬼は超頑張ってんだぞ。文句をつけるにしたって、それなりの敬意を払うべきじゃないか」

「まあね。でも、鬼さんたちのほうに自己満なところもあるんじゃない？　子供たちのため以上に自分が楽しんでるかも」

ルームミラーの中で彼らが見せた、疲れたと言いながら充実した顔を啓介は思い出した。

確かに、足の痛みをこらえる行為は英雄的に見えるけれど、独りよがりの疑いも払拭《ふっしょく》できない。

俺の同類ってことか？

応じる言葉が見つからずにいると、菜央子は慌てたように「鬼さんたちのこと、責めてるわけじゃないから」と言った。

「日本の文化、残せるんだったら残したほうがいいのも分かるよ。大丈夫、やり方はあると思う」

「どうすんだ」

「そうねえ」

考えながら菜央子がしゃべり出した。

しばらく耳を傾けていた啓介は、「ちょっと待って」と立ち上がり、ボールペンとメモ用紙を手に戻ってきた。


翌日の昼下がり、一番客の少ない時間帯になって、啓介はいったん入った都心エリアから尾久橋方向へ車を向けた。

途中で拾われて逆戻りしたがまた北上する。

今度は表示を「迎車」に切り替え、休憩を配車デスクに告げてアプリもオフにしてしまった。

啓介のように、朝から次の日の未明まで働くような勤務形態の場合、途中で三時間の休憩がある。

嫌でも取らなければいけない決まりだし、好きな時に取っていい。タクシー勤務はそういうところやはり自由だ。

目指したのは例のリサイクルショップだった。

当たり前だが店は開いていた。いったん離れて近くのコインパークに車を置く。幸い、六本木《ろっぽんぎ》とか銀座《ぎんざ》あたりのようなぎょっとさせられる料金ではない。

店主がいなければいないでいい、むしろいないほうがとさえ思っていたが、入った途端、ほかの店員と洗濯機を抱えて移動させていた店主と目が合った。

「あれ、運転手さん」

制服のままだから向こうもすぐ思い出したらしい。洗濯機を通りに面したところに下ろして「どうしたの」と訊《たず》ねてきた。

「そういやマーキュリーだったとか聞いたな。家電に興味があるんですか？　うちのは古いのばっかりだけど」

「私は家電より、オーディオビジュアル系が長かったんです」

「ああ、その手も向こうにありますよ」

店の奥を手で示された。

勝手な誤解にいらぬ応対をしてしまったことを悔やむ。

腹をくるしかない。

「うちの運転手から聞いたんですが。節分の日に、私がお乗せした方たちのことです。何でも、後で保育園の保護者の方から苦情が来たとか」

「そうなんだよ」

何でその話を始めたのかいぶかしむふうだったけれど、店主としても人にしゃべりたいことだったのは間違いない。大下から聞いていた内容をより詳しく、身振り手振りを交えて語った。

啓介も何度もうなずきながら十分近くに及んだ話に耳を傾けた。

「いろんな人がいるもんですね」

「今の親は自分勝手ですな。ごく一部なんでしょうが」

「お腹立ち、お察しします」

相手は客である。大下以上に気を遣わなければいけない。

「実はですね、私の知り合いで、そういうトラブルの解決法があるというのがおりまして」

「へえ」

しかし店主はすぐ「せっかくですがもういいですよ」と言った。

「来年からは、商店街からよそへ鬼を派遣しないことにしましたんで」

「もう決まったんですか？」

「理事会にかけたわけじゃないけど、誰も反対せんでしょ」

店主は声を低めて「鬼をやった連中が、絶対お断りだって言っとるんですよ。子供が嫌な目に遭ったらしくて」と付け加えた。

やっぱりか。

「だったらなおのこと、きちんと解決されたほうがよろしいかと」

「そこまでおっしゃるなら、まあ一応聞いときますが——いったいどういう方法なんです？」

「もう一回、そのお子さんのいる園へ行って、思い切りやっつけられてくるのがいいんじゃないかと」

馬鹿じゃないかといわんばかりの視線に顔が熱くなる。

「節分の時だってやっつけられてますよ。豆撒《まめま》かれて逃げ出してるんですから」

「それが足りなかったんじゃないか」

娘と口から出かかったのを呑《の》み込んだ。

「知り合いの見解はそうなんです。足りないというより、嘘臭いですかね。痛がってみせても、おざなりじゃフリなのがすぐバレる。転げまわってのたうちまわるくらいがいいらしいです。鬼さん、豆を踏んづけて転ばれたことがあると伺いましたが、わざとやってみたら、とも言ってました」

「はあ」

「あと、泣きじゃくる」

「泣いた赤鬼ですか。いや青鬼もか」

「いや、いい鬼には特別ならなくていいみたいです。ただ、弱くないといけない。それから」

「まだあるんですか」

「すみません」

何で俺が謝らなくちゃいけないのだ。

「もし来年も行っていただけるならですが、前もって保育園の先生に目印をつけてもらうとかしてですね、怖がりな子にはあんまり近づかない、みたいな工夫が必要だそうです」

「そこまでしなくちゃいけないんですかね」

「まったく」

理不尽さに耐えながら平身低頭する。

「私もすんなり呑み込めないんですが、でないと伝統文化を残すことはできない。伝統だって時代に合わせて変わっていかなければいけないと」

「一応、関係者には伝えますよ。わざわざ来てもらったんだし」

向こうとしてはほかに言いようがなかっただろう。

「ありがとうございます」

「そのお知り合いには、小さいお子さんがいらっしゃるんでしょうかね。若いお母さん？」

勘ぐりを含んだ質問だった。

「女ですが、結婚もしてませんね」

苦笑しながら啓介は答えた。

「しかしまあ、人の気持ちにはなれる女だと思ってます」

「信用してらっしゃるわけですね」

どきりとする。

また余計なことを言っただろうか。バレたのでなければいいが。

「全面的にってわけじゃありませんが」

逃げるように車に戻った。

どうしてこんなお節介を焼いたのだろう。

気になってしまったことは、カタをつけないと落ち着かないからだ。

これで誰かに負い目を感じる必要はなくなった。

グレタ・トゥンベリに弟子入りもすべきなのだろうが。

温暖化の影響が、季節感の薄れくらいにとどまっているうちにくたばってしまいたい。

しかしその前に、有名になってちやほやされもしてみたい。

死ぬタイミングは難しい。

首を振り振り会社に休憩終了の連絡をした啓介は、エンジンをかけて都心へ戻るべく車をスタートさせた。

日本酒以上に
ビールと合うという意見もあります

# 鰹《かつお》の刺身

切り口の角が立っているのが命
皮の銀色も美しい

# 第三話　春キャベツのホットサラダ

「ノー！　ノーノーノー！」

　わめき声が突然車内に響いた。

　男のほうが、運転席との仕切りになっているアクリル板を割り破らんばかりの勢いで叩《たた》いてくる。

　しかしこちらは交差点を右折しかかったところなので、振り返ることもできなかった。

　曲がり終えて車を路肩に停めるや、男は不気味なほど彫りの深い顔と一緒にスマホの画面をアクリル板に押し付けた。

　行き先として指示されたホテルへの経路案内が表示されている。

　指さされた部分を見て分かった。

　グーグルマップに従えば大通りをまっすぐ行くところを、啓介が曲がろうとしたのが原因だ。

遠回りでメーターを稼ぐつもりと思ったのだろう。

啓介としては、わき道から行ったほうが早いのでそうしたまでだ。距離的にも縮まるくらいではないか。

だが説明するのは諦《あきら》める。

第一に英語が不得手である。

新橋《しんばし》駅から乗り込んできたこのカップルが交わしていたのはドイツ語みたいだったが、そんなものはなおのこと分からない。

向こうが英語を解するとして、入り組んだ内容をきちんと伝えられる気がしない。不可能でないかもしれないけれど、面倒くさいし時間がかかる。

スマホの翻訳アプリを使ったところで、簡単にいかないのは同じだろう。

そして客もおそらくそういうことを望んでいない。

啓介は精一杯の抵抗として肩をすくめてみせ、方向転換できる場所を見つけて交差点に引き返した。

これで満足か？

シートにふんぞり返って、ルートのチェックを続けている男をルームミラーで窺《うかが》いながら胸のうちでつぶやく。

しかし——これだけで済まない可能性もある。

悪い予感は的中した。

ホテルの車寄せに着いてメーターを示したら、男が再び「ノー」と言った。

「ディスカウント」

聞き取れる単語をつなぎ合わせるに、やはりさっきいったん右折して引き返したことを問題にしているようだ。

「ホワイ？」

思わず口にしてしまって後悔した。

猛烈な勢いで反撃された。まさに機関銃のようで、アクリル板に唾《つば》のしぶきが点々と散った。

ずっと英語ではあったみたいだから、一応こちらを納得させようとしていたのだろうか。いや、尻馬《しりうま》に乗っていた女のほうはドイツ語だったと思う。

戦闘意欲などあっという間もなく吹き飛ばされて啓介は金額をワンメーター分引いた。

支払いを終えた男は、啓介が開けた荷物スペースから巨大なスーツケースを三つ、軽々と引っ張り出した。

ベルボーイが駆け寄ってきたが、一つでも台車に載せるのは楽でなさそうだった。

タクシーに乗るまで男は一人で二つ持っていたのだ。転がせない場所ではどうしたのだろう？

百円にシビアで屈強なインバウンドカップルは、山に登るようなラフな格好で、豪勢なインテリアがちらりと見えたロビーに消えていった。


日本人の客からは、よくこんなことを言われる。

「運転手さん、ずいぶん儲《もう》かってんでしょ」

一日に四、五人が言ってきたこともあった。

「それほどでもないですよ」

相手を不快にさせない程度の素気なさで啓介は答える。

「絶対儲かってるよ」と譲らない客もいる。

「外国人こんだけ来てさ。札ビラ切ってんじゃん」

「きちんと捕まえてる運転手もいるみたいですけどね。私はなかなか」

ほんとかよ、という顔をする相手に「難しいもんですよ」と付け加える。

インバウンド客からの売り上げが、ほかの運転手より少なめなのは嘘ではない。

もっとも啓介は自分で、あまり外国人を乗せないようにしているのだ。

問題にされかねないから説明しないが、やりようはいろいろある。

街で手を上げているのは見なかったことにする。

呼ばれても受けない。このごろはたいていアプリで、外国人は名前なしの待ち合わせ番号だけだから判別できる。

空港や東京駅での付け待ちはしない。

会社の配車センターがどこそこへ行けと言ってきたのが外国人客の仕事だったら乗せるしかないし、あのカップルは新橋駅にいた。

どうにも水揚げが少なくてえり好みしていられない日もあるわけで、ある程度は仕方ないが、なるべく遭遇を減らしたい。

はっきり言って苦手である。

言葉の壁。

がめつさ。

金に関してだけでない。もちろんいろんな人間がいると思うが、おしなべて万事がさつで、押しが強くかつエネルギッシュ過ぎる。

啓介のような昔ながらの日本人には対抗できない。

インバウンド客がタクシー業界を潤しているのはもちろん事実である。

第一次ラッシュと呼ぶべきコロナ前のそれもかなりのものだったが、中国人の団体が、中国系資本の観光バスで移動するスタイルが多かった。

今は中国以外のアジア、欧米など幅広い国から個人旅行者がやってくる。

中国人も団体と限らなくなり、タクシーを使う。若干落ち着いてきたとはいえ円安基調が続く中、外国人の日本旅行熱は冷める気配を見せていない。

しかし啓介には、客になってくれるありがたさより恐怖心が強い。

外国人がいない時代に生まれたかったと、しばしば夢想する。

パソコンのディスプレイから顔を上げた菜央子は、目を休めようと窓の外に視線を移した。

中層ビル群の向こうに、このところ一気に春めいてきた日差しを浴びて、歌舞伎座《かぶきざ》タワーが銀色のボディーをきらめかせている。

その先がハイブランドの旗艦店やデパートのひしめく銀座で、反対の方角には築地《つきじ》本願寺《ほんがんじ》や、築地市場の跡地がある。

レトロな空気の中に、新しい時代の鼓動も聞こえつつある東銀座の一画に、彼女が働く「TABI」はオフィスを構えている。

誰もが知る有名企業とはまだ言えないけれども、ここにいると菜央子は時代を動かしている実感を持つ。

「ハーイ」

元気のいい声がして菜央子は首を回した。

近づいてきたのは金髪というより赤毛に近い、白人の女の子ジェシカだ。

「青森に行くのは、二十四日になりました」

英語で続けたジェシカに菜央子も英語で「あ、決まったんだ」と応じる。

契約スタッフのジェシカは、日本の大学院で政治を勉強しているオーストラリア人だ。

アニメから日本が好きになったよくあるパターンで、子供のころから馴染《なじ》んでいるだけあって日本語も上手なのだけれど、菜央子とは英語、日本語半分半分くらいで話す。

菜央子もジェシカが日本語を話す程度に英語を使えるし、どちらにもネイティブでないほうを勉強したい気持ちがあるので、一方に偏らないようにしようとお互い配慮しているわけだ。

「目玉になりそうなもの、何かあった？」

「パンフレットで見る分には、温泉、かなりいい感じです」

「でもスキーと温泉のセットだけだと、他にいくらでもあるっていやあるんだよね」

「だから行って探します」

「そりゃそうだ。そのために行くんだもんね」

二人は笑い合った。菜央子が雇っている側ではあるが、年齢もさほど違わないのでフランクに話せる。

日本語に切り替えて、菜央子はその地域に関する知っている限りの知識を伝えた。

「って言っても私もろくに分かってないし。自分の国のことなのにね」

「私もメルボルン以外、知らないです」

また笑い合う。

「街歩いてる人とか、子供なんかにもインタビューすると面白い情報が出てくるかもよ」

「あーいいですね。やってみます」

「期待してる」

「頑張ります！」

ジェシカは手を振って離れていった。

ＴＡＢＩは、インバウンド支援の会社である。

東京や京都の有名観光地にはすでにインバウンド客が溢《あふ》れているけれど、知られていないところはまだまだ多い。

当然どこも誘致に懸命で、町おこし村おこしの切り札にしようと官民挙げて取り組んでいる。

ホテルや旅館、観光施設から運送、飲食といった関連企業、団体、さらに大小の自治体までを顧客に、コンサルティングやWEBマーケティングのサービスを提供するのがTABIだ。

菜央子は、自社メディアに載せるコンテンツを制作する部署にいる。顧客の魅力を伝える記事をライターに取材、執筆させる編集者の役回りだ。

インバウンド客に読んでもらうのだから、日本語だけでは意味がなく、やってくる国のバリエーションが増えた今、TABIでは英語、中国語ほか四つの外国語版を用意している。

それも日本語で書かれたものを各国語に訳すのでなく、取材、執筆とも外国人にやってもらうことが多い。

日本人とインバウンド客では喜ばれるもの、興味を持たれるものが違う。

さらに言えばインバウンド客の中でも国によって違うので、取材対象に応じて、相性がよさそうな国のライターを使う。

このあいだ依頼を受けた青森の温泉地には、アウトドア好きで、特に向こうのオフシーズンに北半球でスキーをする需要があるオージーがいいだろうと思ったわけだ。

この春TABIに転職できたのは、外国と関われる仕事をやりたかった菜央子にとってまさに夢の実現だった。

働き出してからも毎日が楽しく、充実している。

しかし父親の啓介には今に至るまで告げられていない。啓介が、インバウンドの増加を不快に思っているからだ。

もちろん、娘だからといって職業選択で遠慮しなくちゃいけないわけはない。そもそも外国人嫌いが絵に描いたような時代遅れだ。

タクシーやっててそれじゃ済まされない気もするが、どうやら本当に、外国人の客を乗せないようにしているらしい。

そんな啓介が、娘がインバウンド支援の仕事をしていると知ったら？

プライドの高い人なので、メンツを潰《つぶ》されたと考えるのではないか。

ひがみっぽくもある。

俺の気持ちは知っているはずなのに、当てつけだ、なんてあらぬ裏読みをするかもしれない。

怒り出さないまでも、落ち込むだろう。

想像すると可哀想になってしまう。

啓介の外国人嫌いには、無理からぬ経緯もある。

マーキュリーでは、結構なエリート社員だったみたいだ。

長くやったのは商品企画で、特にＡＶ機器のヒットを連発した。エンジニアではなく、音楽や映画を含めアート全般が好きだったのが活きたのだろう。

けれども、マーキュリーの経営そのものが傾いてくる。

高級路線のメーカーだったから、日本経済が停滞しだすと売り上げとコストのバランスがとれなくなり赤字を積み上げた。

子供だった菜央子が、何が起こっていたのか時代背景とともに理解したのはだいぶん後になってからだ。

ただオランダ企業への身売りが大きなニュースになったのははっきり憶《おぼ》えている。

外資が日本の会社を買収した初期の例だ。

子供心にも心配になった。

「パパの会社、どうなっちゃうの？」

どうもならないよ、というのが啓介の答えだった。

「会社が潰れないように、外国の会社に助けてもらうことにしたんだ。名前くらい変わるかもしれないけど、今まで通りだよ」

不安がゼロだったわけでないにしても、基本的にはそう信じていたと思う。

実際、身売りは雇用を守る手段として選択されたわけで、外資から送り込まれた人物が一時的に経営を主導したが、その後生え抜きの社長も出ており、啓介の見立てが間違っていたとはいえない。

しかも啓介は同期の出世頭の一人として、課長のポジションまで得ていた。リストラがあっても、対象になるなんて考えられなかったのではないか。

しかし、商品企画部の担当取締役になった人物は違った考えを持っていた。シンガポール人だったそうだ。買収元はオランダに本社を置いているもののいわゆる多国籍企業である。

そのシンガポール人は英語ができない部下を使えないとみなした。特に、直接報告を受ける機会もある管理職には習得を義務付けた。具体的には到達すべきＴＯＥＩＣの点数が設定された。

啓介の英語はからきしと、決めつけるのは間違いだと思う。難関とされる国立大を出ている。大学受験は今より大変だったとも聞く。英語だってそこそこの点を取らなかったら受からないだろう

しかし啓介のころは試験にリスニングがなかったらしい。読み、書きだけということだ。

大学は遊ぶだけのところだったと自分でよく話していたし、会社でも英語を使う機会なんて皆無だった。

ともかく教材を買ってきて勉強を始めはした。ＣＤだったのかと思うが、何にせよ音響機器ならお手の物だったろう。

しかし、ヘッドホンをつけて難しい顔で聴くものの、自分で声は出さなかった。出してももぐもぐつぶやくくらいだ。

結論を言えば、必要なTOEICの点数には届かなかった。何度受けてもダメだった。

「耳が悪いんだよな」

時々、言い訳みたいに口にしているが、多分違う。

菜央子の経験でも、声を出しているうちに英語の音に慣れてくる。しゃべれなければ聞き取れない。たどたどしいのを恥ずかしがっているうちは、いつまでたってもだめなのだ。

しかし菜央子は今日に至るまで、啓介が英語をしゃべろうとしているところに遭遇したことがない。

TOEICが足りなかったから即クビというわけではなかったと思うけれど、降格など受け入れられる啓介ではない。

このあいだまで部下だった奴にうかがいをたてながら仕事するなんて、死んでもご免と思ったに違いない。

だから、自分から辞表を叩《たた》きつけた。

当時四十二歳。まだこれからと思っていただろう。

同じように新体制についていけなかった同僚たちと、ホームシアター用品のセレクトショップを立ち上げた。

しかしホームシアターなどというものが流行《はや》ったのは、景気のよかったころの話だった。時代の流れが逆転するなんてありえない。

啓介のセンスはもう古いとはっきりしていたのに気づかなかったか、気づいてなお自分をごまかしたか、
新会社は最初から苦戦を強いられた。

七年はよく保《も》ったほうかもしれない。

借金で首が回らなくなる前にショップを畳んだのだけは賢明な判断だったが、無一文になった啓介にはタクシーの運転手になるくらいしか道が残っていなかった。妻にも逃げられた。

ふっきれたかと思った時もあったけれど、今なお「一発逆転を目指してる」なんて意味深めかしてつぶやいたりする。

何か企《たくら》んでいるのか。

基本的に気の小さい人だから、とんでもないことはしでかさないと信じているのだが。

いずれにせよ、人生のコースが狂った元凶が外資による買収なのは間違いない。外

国人がそこらにあふれることに抵抗を感じるのはしょうがないといえばしょうがないだろう。

分かるけれど、そろそろ柔軟になってほしい。

何より本人が損をする。

「損したっていい」

突っ張る口調が聞こえるようではある。

いつまでこの状況が続くのだろう。

少し重い気分になった菜央子だが、今のままで特別困ることもないしと頭を切り替え、記事のチェック作業を再開した。


その日の午後七時過ぎ、客を乗せて京橋《きょうばし》から築地へ向かっていた啓介は、銀座四丁目の交差点を左折する寸前で信号に引っかかってしまった。

右から左、左から右へ横切ってゆく人波を眺めて胸のうちでつぶやく。

占領されてるようなもんじゃないか?

四分の一くらいが白人だ。

このところイタリア、スペインといったラテン系が増えたと感じる。

想像だけれど、円安の進行で、欧米の中で経済的にトップクラスとまで言えない国の人々も日本旅行に手が届くようになったのではあるまいか。

中南米だっているだろうし、黒人やインド人、イスラム教徒の服装をした人はあちこちで見かける。

ぱっと見日本人と区別がつかない中国、台湾、韓国に至っては欧米系以上に多いはずだ。

銀ブラを楽しむ半分くらいは外国人と言って差し支えない。

日本人しかいないこの車内が、奇跡的な空間のように思えてくる。

自分が子供のころは、白人が歩いていたら物珍しくて、友達と遠巻きについていったりしたものだ。

ハロー、なんて声をかけるお調子者もいたが啓介にその勇気はなかった。

向こうは日本のガキどもにどんな対応をしていたのだろう?

苦笑いしてやり過ごしたか。ふざけ返してくれたか。

あるいは怒って追っ払ったか。

怒られたらこっちもすぐ逃げたと思うが、よく憶《おぼ》えていない。

あのころの外国人には悪いことをしたと今さらながら反省している。

しかしここにいる連中ののさばりようはやはり啓介をやるせなくした。

昔は向こうだって、極東の島国へ来るのに決死に近い覚悟を持っていたのではないか。

人生を謳歌《おうか》しきっているという風情の顔、顔――。

こっちはお前らのせいで、朝から晩まで「あっちへ行け」「こっちへ行け」と命じられるまま走り回るはめになっているのに。

思考が中断された。

顔の半分がヒゲで埋まった男とこんがり日焼けしたブルネットの女という、いかにもラテンっぽいカップルのすぐ後ろを菜央子が歩いていた。

夜といっても、繁華街なら十二分に顔を見分けられる明るさがある。数秒間はっきり見えたから間違いない。三越のほうから有楽町《ゆうらくちょう》方面へすたすた進み、ほどなく紛れて視界から消えた。

菜央子が勤める会社は渋谷《しぶや》にある。時間的に仕事でここにいるわけではなさそうに思える。

友達と飲みに来たか。

男？

多分そうじゃない気がする。理由を明確に言語化できないが、表情、歩き方ともこれから男と会う女のそれには見えなかった。

まあ何だっていい。放っておくと決めたのだから。

信号が変わって、啓介はブレーキに置いていた足をアクセルに移した。

客を送り届けた先は寿司屋だったけれど、大きな座敷があるような構えではなかった。

三月といえば送別会、の時代も過ぎつつある。

送別会そのものがまったくなくなったわけではあるまいが、親しい者だけでこぢんまりやるのが今どきなのだろう。

年度途中の転職が増えたりして、時期がばらけたかもしれない。

それも別に構わない。いっときに忙しすぎるのはしんどい。

平均してほどほどの上がりがあるのが、今の啓介にはありがたい。

その日は望み通り忙しくもなく暇でもなく、浦安《うらやす》、越谷《こしがや》へのロングが一本ずつ入って八万円強の売り上げという理想的な働き方ができた。

コロナ直後ほどではないが運転手はなお足りていないため、インバウンドに頼らなくてもそうそう仕事にあぶれないのである。

営業所に戻って車を洗っていると、今晩の食事のことが頭を占めてくる。

飲める日だ。心が弾む。

何にしようか。

季節感のある食材が好きな啓介だけれど、今のころは特にそういうものを身体が欲する気がする。

冬から春のうつり変わりが、やはり一番ドラマティックかつ活力に満ちているからだろう。

だから、やたらな季節の先取りにはかえってときめかない。二月のカツオはやっぱり変だ。

ましてハウスで育てたフキノトウが一月から出回ったり、下手をすると年末から菜の花があったりするのははっきり興ざめなのである。

今日は、まぎれもない春本番だ。

朝晩は冷えるけれども、晴れた日中は陽気が満ちて、車の中だとエアコンが必要なくらいだった。

先行きの不安は尽きないものの、季節を体現する素晴らしい食材はまだたくさん存在している。

あれがそろそろではないか？

思いついたらそのことばかり考えだした。

手に入れるには結構な気合も必要である。

頑張って足を運んで、なかったらどうする？

いや、無駄を恐れていては美味《うま》いものが食えない。

ある程度の金とともに労力も、いい買い出しには必要だ。

始発で帰宅したところまではいつもと同じだったが、スマホのアラームは八時半にセットした。眠りについてから三時間あるかないかだ。

幸か不幸か、五十過ぎからどうせいっぺんには長く寝られなくなっている。

いつもの明けでは一応六時間くらいとっているが、一度も目を覚まさないほうが珍しい。

よく、熟睡するにも体力がいるなんて言われ、若いころは理屈としておかしいと本気にしていなかった。

なるほど、そう表現するのが一番ぴったりかなあ、などと思ってしまうこのごろである。

アラームの神経質な電子音に眠りを破られた一瞬だけは辛《つら》かったけれど、すぐに頭がクリアになって動き出せた。

またすぐ眠くなるのも分かっているがいっとき我慢すればいい。帰ったあと寝足せばいいいだけだ。

菜央子はすでに出かけている。

体操などは二度寝の後にする。ざっと顔を洗い、ジーパンにトレーナー、革ジャンを引っかけた格好で駐車場へ向かった。

目的地は線路のこちら側で、自転車でも問題ない距離だが、荷物が大きくなる可能性も考えて車にした。

石神井公園を横切るように、つまり石神井池と三宝寺池の間を通って南北に延びる井草《いぐさ》通りの、家からだと少し公園の手前側にＪＡの直売所がある。

支店と直売所が一緒になった大きな施設で、駐車場も広い。

啓介が到着した八時五十五分には、納品に来た農家の軽トラのほか、三、四台の乗用車が停まっており、啓介に続いて別の車も滑り込んだ。

直売所の入り口に目をやると、買い物袋を手にした男女が列を作っている。

ここの野菜は当日朝に収穫したものだ。

魚などに比べると野菜の鮮度はそれほど重視されない傾向にあるけれど、食べ比べると味の違いがはっきりする。

朝採れを初めて口にした時はびっくりした。

道の駅が大人気になったのは直販野菜の力が大きいと思う。

練馬には道の駅こそないが、東京二十三区随一の農業地帯でこうした直売所もちょこちょこ存在する。ありがたいことだ。

流通過程でのマージンが省かれている分値段も抑えられている。最近じわじわ上がっているものの、まだスーパーより安い。

一方、入荷が不安定で何があるか分からない。量も限られるから、ものの分かった近所の利用者は開店前から並ぶ。

啓介も、昼過ぎに来て空っぽの台を前に呆然《ぼうぜん》とする目に何度か遭い、どう行動すべきか学んだ。

これくらいの行列は想定内である。エコバッグを手に後ろにつく。

中で直売所のスタッフが慌ただしく立ち働いているのが見えるが、目当てのものがあるかどうかは確認できない。

九時きっかり、JA支店のほうで下りていた電動シャッターが上がり始めた。

同時に、直売所のドアも開く。

「お待たせしました」

開けてくれたスタッフとは目も合わせず、客たちは籠《かご》をひっつかんで中へ突進した。

何の野菜がどこにあるかはその都度変わる。目玉を手前に持ってくるような規則性もない。

が啓介の目は、左奥のほうの台に、こんもり盛り上がった緑色の山を捉《とら》えた。

速足で歩み寄る。

遠目では、キャベツであることまでしか分からない。

前にたどりついてほっとした。

特徴的な縦長のフォルム。

いかにも柔らかそうな、ふんわりした葉の巻き加減。

そのつもりで見ると色合いも、一年近く見慣れた冬キャベツの白っぽいそれより濃く、黄緑に近い。

スーパーには神奈川産が少し前から出ていたが、キャベツは練馬の特産品、誇りである。この直売所に、キャベツをかたどったオブジェつきの碑が建てられているくらいだ。

初物はぜひ地元の朝採れを食べたかった。とりあえず一個カゴに収め、ちょっと考えてもう一個足した。

明日も仕事はなく家で食事をする。

春キャベツは巻きがゆるい分実質的な量が少ないのもあるけれど、熱を通すと三、四分の一に嵩《かさ》が減る。

また腹にもたれず食べ飽きもしないので、いくらでも入ってしまうのだ。

さらに売り場を物色する。

日持ちが悪いのであまり流通していない菜の花の一種、ノラボウ。

小ぶりながらはちきれそうな瑞々《みずみず》しさのカブもあった。この時季のものは葉まで柔らかい。

ここでちょっとした趣向を思いついてブロッコリーも買う。冬野菜だから名残りということになるけれど、まだいけるだろう。

あと新タマネギが必要だがここには売っていない。東京ではさすがに早すぎる。スーパーで妥協しよう。九州あたりのがあるはずだ。

戦果を詰め込んだエコバッグはキャベツの形がはっきり浮かび上がるまで膨らみ、ずっしり重くなった。車にしたのは正解だったと安堵《あんど》しながら、啓介は車に乗り込んだ。

買い物中は気が高ぶっていたが、あくびがこみ上げてくる。プロの運転手なら逆であるべきだろう。

苦笑しつつ五分ほどで家に着き、寝間着に戻って布団に潜り込む。

次に起きたのは午後二時に近かった。

待ちくたびれたドットに煮干しをやり、キャットフードも足しておく。

しかしキャットフードはそれほど減っていない。本来煮干しはおやつの位置づけだが、事実上主食になってしまっている。

「おやつの食いすぎは身体に悪いぞ」

一心不乱に煮干しを咀嚼《そしやく》するドットの背中をさすりながら声をかけるが、耳を貸す気配はない。

ドットにそう言った手前、きまりの悪い気がするけれど、人間の昼飯も甘いもので済ませることにする。

あまりしっかり食べると大切な夜に差し支えるし、これからのスケジュールを考えても作っている余裕がない。もともと今朝食べるつもりだったのだが、ちょうどよかった。

昨日、お気に入りの和菓子屋が入っているデパートに、わざわざ休憩を取って寄ったのはやっぱり春を感じたかったからだ。

京都の老舗《しにせ》が出している支店だけれど、たいていの有名どころのような大量生産の匂いがない。素朴な見た目ながら、いい材料を使い、精妙な味わいに仕上げられている。

ボリュームがあるので、小腹を満たすにもぴったりだ。菜央子の分を食卓に置いておいたのはもちろんなくなっている。

こと食に関してなら、酒飲みかつ甘いものもいけるところまで娘と共通しているようだ。

啓介は、ぼってりした土ものの菓子皿を出して桜餅《さくらもち》と草餅を盛った。添えたのは熱々のほうじ番茶だ。

ここの桜餅は着色料を使わず白いままだ。それでいかにも春らしいたたずまいなのが不思議ではある。

考えてみれば、温暖化の時代にして桜が咲くのはまだ先で、葉など影も形もない。去年塩漬けにした葉を使う桜餅の季節感はイメージ上のものだが、それはそれで高みに達しうるのだなあ、というのは改めての気づきだった。

実体を持った旬と対立するのではない。互いをいっそう高め合う関係だ。

東京の桜餅は薄焼きにした小麦粉の生地で、粗びきのもち米を蒸した中に餡《あん》があるこの手は区別して道明寺《どうみょうじ》と呼ばれるけれど、京都では道明寺のほうが桜餅のスタンダードだ。

ねっとりしながら粒の感じられる口触りが啓介は好きだ。こし餡とのコンビネーションがたまらない。

もう一つ意見が分かれるのが葉ごと食べるかどうか。

これについてはどちらもあり、と思っている。

爽《さわ》やかなような艶《なま》めかしいような独特の香りはしっかり生地に移っている。餅としての味を第一に楽しみたいなら外す。

葉ごとだと、葉の塩味が餡の甘さを強く引き立てる。ちぎれた切れっぱしが食感にワイルドさも加えてくれる。

今日は外すことにした。餅が大きいので二枚使って包むというより挟んであり、その分香りの総量も豊かだから物足りなさはない。

続いて草餅。

桜の葉とは対照的な、尖《とが》った青臭さのヨモギが餅に練り込まれている。こちらはまさしく旬の味。色も鮮やかな緑である。

餅が分厚いのがいい。みっしりした塊に歯を突き立ててゆく時、ものを食っているとしみじみ思える。

そして仕込まれた粒餡にたどり着く。

柔らかく煮られた小豆が舌の上で潰《つぶ》れ、放たれた甘味と豆の風味が緑の餅と混ざり合う。計算されたバランスだと思う。

茶で口を洗って今度は自転車でエルマートへ走った。

新タマネギのほかにもいくつか買わなければいけない。

だいたいにおいて野菜中心の献立は、肉や魚をメインとしてどーんと出すより手間と時間がかかるものだ。今日食べない分の下処理までとなるとなおさらである。

「ただいま」

「お帰りなさいまし」

「あ、朝のお菓子ありがとね」

ドットを足元にまとわりつかせながらリビングに入ってきた菜央子は、忘れないうちにとそのことを言った。

「すごく美味《おい》しかった」

「そりゃよかったな」

啓介は台所にいて背中を向けたままだ。

「お金出すよ。いくら？」

「いらん。俺が勝手に買ってきたんだから」

「悪いよ」

「いいったらいい」

ここまではよくあるようなやりとりだったが、啓介の次のひと言でどきりとした。

「昨日お前を見かけたぞ。銀座で」

平静を装って訊《たず》ねる。

「銀座のどこ？」

「四丁目の交差点だよ。俺の車が停まってる前を横切ってったからさ。夜の七時くらいだったっけか」

「友達と約束があったの」

「俺もそんな感じに思った」

どういう意味だ。

まあいい、見かけたという以上の話ではなさそうだ。

こんなことがなかったのが不思議だったかもしれない。啓介は東京中、いやもっと遠くまでどこへでも行く。運転席からいつもあたりに目を配っている。

用心しなければ。

いや、いっそバレたほうがいいのかもしれないが、まだその時でないように思う。

今はご飯だ。

何だろう。

食卓にはいつものように二人分の箸《はし》とグラス、いくつかの皿や小鉢がセットされている。

しかし少なくともひと品は菜央子が帰るのを待って運ばれる。その段階で仕上げをほどこされることも多い。

たいていの場合それがメインディッシュ、あるいは啓介がもっとも力を入れた料理である。

ヒントを探ろうとさまよわせた視線が、流しのわきのザルに吸い寄せられた。

大きく切ったキャベツがザルの縁の倍以上に積み上がっている。

「ひょっとして春キャベツ？」

「そんな感じかな」

「農協の？」

「だったら何か？」

無表情を保とうと努めつつ問いかけしてくる。本当に変なパパ。

私は私流で行く。

「嬉《うれ》しい！」

啓介はなお反応を示そうとしなかったが、湯を沸かしていた鍋《なべ》にキャベツを一気に投入し、ひとまぜ、ふたまぜすると数秒で再びザルにあけた。

ザルを振って湯を切ったあと、キャベツはさらにタオルの上に広げられ、別のタオルを上から押しつけられて、徹底的に水気を除かれる。

それを大皿に盛り、上からやはりさっと茹《ゆ》でた薄切りの牛肉をトッピングする。きれいなピンク色がキャベツの緑と穏やかに引き立てあう、視覚的にもいい組み合わせだ。

「ほい」

テーブルの真ん中に据えられた大皿に、冷蔵庫から出してきたガラスの鉢を添える。丼、とまではいかないがご飯茶碗《はんぢゃわん》くらい十分ある大きさで、中には茶色っぽい大根おろしのようなものが入っていた。

啓介のお手製ドレッシングだ。

「いっただきまーす」

手を合わせるのももどかしく箸を伸ばす。ビールさえ後回しである。

キャベツと肉を一緒に、ドレッシングをたっぷりかけて食べる。

「うーん、美味しい！」

「もうちょっと芸のあることは言えないのか」

おもむろにグラスに口をつけた啓介が、皮肉っぽく菜央子を見た。

「美味しいものを美味しいって言ったっていいでしょ。食リポなんかいらないよ。目の前にあるんだから」

はぐはぐむさぼり続けていると、啓介もやっと少し食べた。

「時季の問題だけじゃなくて、品種が違うんだよな春キャベツは」

別の観点からも菜央子のレポートは必要ない。放っておけばいずれ自分から解説してくれる。

「柔らかさが全然違う。繊維がきめ細かいっていうか。細胞壁が薄いんじゃないかと思うんだ。だから一瞬湯通しするだけでくたっとなる」

細胞壁って何だっけ？　中学か高校の生物で出てきた気はするけれど――。

啓介も文系なのに、そんなことまで憶《おぼ》えているのには感心してしまう。

「冬キャベツは冬キャベツでうまい。味が濃くて、ことこと煮込んだりするには上だ。でもこっちには今の時季だけっていう特別感があるわな」

「ドレッシング、何が入ってるんだっけ？」

水を向けると、啓介の目がさらに生き生きした。

待ってましたというふうにならないよう気をつけているのだろうけれど、口調に力が増す。

「タマネギがメインだな。ショウガもたっぷり入れる。タマネギ四にショウガ一くらい」

「すりおろすの？」

「いくら俺だってそんな七面倒臭いことができるか。ミキサーでガーッとやるだけの話だ」

実はこれも、手間がかかっているというアピールなのである。娘を長いことやって、理解できるようになった。

「だけってことはないでしょ」

「まあな。普通のタマネギじゃだめだ。だめってこたあないが作ってから一日くらいおかないと辛い。だから新タマネギを探したんだが、ＪＡになくってさ」

「別のとこまで行ってくれたのね」

「まあな。ともかくこれは新タマネギなんですぐいける。最初から甘味まで感じるよな。煮切ったみりんと醬油《しょうゆ》、酢、砂糖、ケチャップなんか適当に入れて。あ、煎《い》りゴマもな」

「適当じゃないんでしょ？」

「そりゃまるでデタラメってわけじゃないが」

鼻をひくつかせて啓介は言った。

「味見して変じゃなきゃいいんだ。一回ガーッとやったあと、最後にサラダ油を混ぜ込む。ゴマ油なら中華風になるし、オリーブオイルだとイタリアンだ」

「応用が利くってわけね」

「一番いいのはたっぷりかけられるとこだよ。ドレッシングだけ食えるくらいだから。何にだって合うしな。同じ味じゃつまらんと思ったから、こっちはポン酢とゴマ油にしといたが」

指さしたのはブロッコリーのサラダである。

茹でたブロッコリーのほか、トマト、キュウリ、ワカメ、タマネギのスライス。

「これも新タマネギ。ワカメが本来、春のものなのは分かるよな。年中あるのは塩漬けだ」

チリメンジャコが散らしてある。炒《いた》めてカリカリにしたそうだ。

野菜だけでも食感はさまざまだが、ワカメのぬめりとカリカリが加わって口の中が実に賑《にぎ》やかだ。

ダシで煮たカブにはエビのそぼろあんがかかっていた。添えられた葉も柔らかい。やはり細胞壁の問題なのか。

ノラボウは茹でてからゴママヨネーズ和え。

これは普通の菜の花よりしっかりした歯ごたえがある一方、苦味、えぐ味はほとんど感じない。

「だからコクを補うような料理が向くんだな」

啓介の飲み物は冷酒に変わっていた。ガラスの盃《さかずき》の中の液体が、軽く濁っているように見える。

「どういうお酒なの?」

「『しぼりたて』の一種だな。冬のあいだに発酵させたのを絞るのが三月くらいからだからそう言うんだろう」

「ふーん」

「日本酒は寝かせる前に加熱する『火入れ』が基本なんだけど、加熱していない『生酒』ってことになる。酵母が生きてて、まだ発酵が進んでる。これなんかガスでしゅわしゅわだ」

　ひと口飲ませてもらう。

　なるほど、シャンパンみたいな感じでちょっとびっくりした。本物のシャンパンをそれほど知っているわけでもないけれど。

　しぼりたて、とか生とかの名前にふさわしくとてもフレッシュで、かつ香りも味も優しい。

「今日みたいな野菜の料理にも合うんじゃないか」

「確かに」

「ところで」

　突然クイズが始まった。

「キャベツ、ブロッコリー、カブ、ノラボウ。全部同じ仲間だ。何科かな？」

「分かんない」

「せめて考えるふりくらいしろ」

「考えたって分かんないんだもん」

「知りたくないなら知らないでいい」

　機嫌を損ねかねないので、スマホを取り出す。

「アブラナ科だ」

「そう。アブラナ科尽くしにしてみた」

啓介は満足げに「ほかにも大根、ハクサイ、カリフラワー、水菜、チンゲン菜、野沢菜、ルッコラなどなど軒並みそうだぞ」と補足した。

「アブラナ科って偉大だろ」

これには菜央子もうなずかざるを得なかった。

直売所で仕入れた野菜はどれもまだたくさんあるらしい。

「ブロッコリーとノラボウは萎《しな》びてしまうから茹《ゆ》でといた」

まめさにもいつもながら感心する。

むこう何日か食べ続けないといけないようだが、啓介なら手を替え品を替え、料理に変化をつけてくれるだろう。

もう一回同じものを作ったキャベツもふた玉はさすがに食べきれなかった。残りはスパゲティやさっと煮、浅漬けにするとのことだ。

「しかしこの食べ方が、ベストな気はするんだよな」

キャベツ、肉、ドレッシング。ホットサラダと呼ぶのだろうか。大皿をさらえながら啓介がつぶやく。しゃべり続けだ。

「あくまでキャベツが主役で、肉も調味料みたいなもんだ。だからこそいい肉でないといけない。これ、切り落としだけど黒毛和牛なんだ」

確かに柔らかくて、脂の旨味《うまみ》も豊かだった。

「いくらだと思う」

またクイズ？

これこそ分かるわけないと思いながら、一応考えるフリをする。

啓介もすぐ得意気に答えを明かした。

「百グラム四百九十八円の三割引き。だいたい三百五十円だな」

高いのか安いのかやっぱりよく分からない。今度は感心したフリである。

「五、六年前まではさ、黒毛和牛っていったらコマ切れで七、八百円した。それがコロナのあいだに一気に下がったんだよ」

前にも聞かされたことがある。飲食店が営業できなくなったから、そちらに流れていた高級食材がだぶつき、一般向けに安く売りだされたとかだった。

円安で輸入肉のほうは高止まっており、差があまりなくなったとも言っていた。

このへんまでは、単に買い物上手を自慢したいのかくらいに思っていたが、話は予期せぬ方向へ進んだ。

「コロナにはいいことも結構あったってことだよ」

頭の中で警戒警報が響く。

「コロナのあいだはガイジン――」

わざとらしく差別用語を挟んで啓介は続けた。

「じゃなかった、外国人もいなかったしな。平和だった」

「あのさ」

「まあ聞け」

にやりと笑う。

「日本の経済が、とかお前が言いたいのは分かってるよ。しかし俺は大して困んなかった。客が減ったって、別にそこまで稼ごうと思ってないんだから。家で飲めるだけありゃいいんだ。インバウンドが戻ったおかげで、いろいろ疲れるよ」

これをいいたいための前フリだったか。

転職のことはともかく、外国好きまで隠していたわけではない。面白くない気持ちを啓介が漏らすこともある。ほろ酔いも手伝って、菜央子を凹《へこ》ませにかかってきたのだろう。

必要以上の対立は避けたいけれど、この問題に関しては言われっぱなしで終わるわけにいかない。

先々を考えればなおさらだ。

しかし経済なんかどうでもいいと開き直られて、反撃する糸口を探すのは思ったより難しかった。

まごついているうちにも、新たな弾が飛んでくる。

「せっかくいい肉が安くなったのに、インバウンドに全部食われちまってまた俺たちの口に入んないなんてなったら泣くに泣けんぞ。そう思わんか」

言い返せない。

啓介はすっかり調子づいたようだった。

「徳川《とくがわ》幕府はよく分かってたんだな。三百年近くにわたる平和は鎖国によってもたらされた。教科書にはちょろっとしか書いてないが、事実として今こそ思い返されるべきだ」

「そこまで話持ってく？」

「持ってくとも。外国との交流なんて必要ない。逆に、戦争やジェノサイドの原因といったらだいたいが人間の移動だからな」

だめだ。もう行くところまで行ってもらうしかない。

「世界のそれぞれの地域が、交流を持たないまま人類誕生以来の時間を過ごしてきたとしたらどうだ？　今みたいな経済発展は望めないだろうが、もう豊かになりすぎちゃってるんじゃないか。これ以上は必要ないだろ。欲ってのはよそのことを知って比較するから生まれるわけだ。知らなければ自分の生活に満足して幸せに暮らせるんじゃないか」

「ちょっと待って！」

大きな声を出されて、むっとした表情で啓介は菜央子をにらんだ。

「ってことは、パパには外国の食べ物も必要ないってことね」

啓介の口が動かなくなった。

「フランス料理とかイタリアンとか。中華も食べなくていいのね」

畳みかけられて、もごもごつぶやく。

「それは、もう、知っちゃってるから。今さら――」

「元には戻せないってこと？」

「簡単じゃないかも」

蚊が鳴いてるみたいだ。

菜央子は再び声を張り上げた。

「ずるくない？　豊かになりすぎてるんでしょ？　だったら、ちょっとずつでも努力すべきじゃないの？」

「和食だけってことか」

啓介の視線が宙をさまよっている。

「純粋な和食の、定義が難しいんじゃないか」

「とりあえず外国産の材料使わないっていうのでどう？」

食卓を見回して、菜央子はカブのあんかけが入っていた小鉢に目をとめた。底に赤い破片が残っている。

「エビって、だいたい輸入なんでしょ。東南アジアとかで養殖してるんじゃなかったっけ。だからこういうのもアウトね。あ、イセエビなら伊勢《いせ》っていうくらいだから日本なのかしら。むちゃくちゃ高そうだけど」

ほっと息をついた。

余計なおしゃべりをしてしまった後悔が、啓介を打ちのめしているだろう。私だって何にも知らないわけじゃない。あんまり舐《な》めてもらったら困る。しかし啓介は、驚いたことに「分かった」と吐き捨てた。

「え？」

「サラダ油だけは勘弁してもらう。菜種でも大豆でも、国産百パーセントってのは見たことないからな。ほかにも例外が出ないと言い切れんが、極力、輸入されたものは使わない」

「できるの、そんなこと」

「やるって言ってんだからやる」

ぽかんとしていると、こう付け加えた。

「クルマエビも日本で獲《と》れる。イセエビに比べりゃまだましな値段だ」

降参しないんだ――。

私も間違えた。こういう人なんだった。

どっと疲れが出て椅子から立てなくなった菜央子を尻目《しりめ》に、啓介が食器を流しへ運び始めた。

春キャベツは
縦長のフォルムが特徴
ノラボウ
(菜の花の一種)
カブ
ブロッコリー

# アブラナ科の野菜たち

町田酒造(群馬)
にごり生酒には
シャンパンみたいにシュワシュワしたものも
春っぽい

# 第四話　鳩のローストサルミソース

〈ここ行ってみない？〉

大学以来の友達、森本沙織《もりもとさおり》からＬＩＮＥが来た。

月一回くらいのペースで会うが、営業職の彼女は年度末忙しくて少しあいだが空いた。

リフレッシュしたいってことか。

立原菜央子は貼り付けてあったスパのホームページを開いた。

一人で行ったりはしないけれど、その手の施設は結構好きだ。ヘビーユーザーの沙織が時々誘ってくれるのを待っているところがあるかもしれない。

そのスパは五反田《ごたんだ》にあり、さほど大きくはないものの、まったりスペースのインテリアが可愛く、ハンモックが吊《つ》ってあって揺られながら寝てみたいと思った。

〈いいね〉

話はすぐまとまって、次の土曜に決行することになった。

やはり大学時代、語学のクラスが一緒だった友達で、そのころから三人でつるんでいた佐伯流奈《さえきるな》にも声をかけたら、はじめは〈スパかあ。どうしようかな〉なんてリアクションをしながら、結局参加を表明した。

流奈はいつもそうで、最後に一番楽しんでいるのも彼女である。

午後二時、集合場所にした改札へ行くと沙織はすでに待っていた。

練馬から五反田は山手線《やまのて》を半周近く乗らなければならないので結構かかる。天王洲《てんのうず》に住んでいる沙織のほうが近いのは確かだけれど、どこで待ち合わせても彼女が遅刻することはない。

一方流奈は、まず時間通りに来ない。五分十分なら連絡も寄越《よこ》さない。

服装も二人は方向性が真逆だ。

ジーンズのミニスカートにピンクのストッキング、ダブルの革ライダースにニット帽をかぶってメークまで軽くギャルが入っている沙織。

遅刻魔の流奈のほうがお嬢様っぽい。セミロングの花柄ワンピースにスプリングコートというコーディネートで、そのまま会社へも行けそうだ。

ちなみに菜央子はユニクロのチノパンに無地のシャツ、パーカーを羽織ってきた。休日はだいたいこの格好だ。

ＴＡＢＩには服装コードがないのもあり、取引先と会う時などのほか出勤日まで同じになりつつある。

実はとてもファッションにうるさい啓介が、寝間着みたいなの着て会社へ行きだしたなとチェックを入れてきたことがある。

うちも時代に合わせるようになった的な話でごまかしたが、やっぱりいつまでもは隠しておけない気がする。

ともかく、三人はそれぞれ昔のままだ。

スパは思ったほどお洒落《しゃれ》といえなかった。

可愛く作ってあるエリアもあるが、若い女性やカップル向け一辺倒ではない。男性同士、おじさんだってそこそこいるのだから当然だ。

改装がほどこされていない部分に古さも感じられたが、その分菜央子には緊張感なく楽しめた。

沙織、流奈と裸を見せ合うのも初めてでないので構えなくていい。

「一般的」の範疇《はんちゅう》に入るだろう体形の菜央子、沙織に対して、流奈はウエストや足がすごく細いくせに、着やせタイプなのか普段はさほど目立たない胸が実は相当ある。羨《うらや》まないまでも、おおっとはなる。

「重いのよ。取り外してロッカーにしまっとけるならそうしたい」

本人の弁である。

いくつもあるジェット風呂《ぶろ》や香草風呂をめぐり、沙織が偏愛しているサウナも一回だけ入った。水風呂には手を突っ込んだだけで勇気が出ず、「整う」まで体験できなかったが、菜央子としては満足した。

予約しておいた一時間のエステまで終えると、全身スライム化したようにぐにゃぐにゃだ。

スパの名前が散らされた甚平タイプの館内着はどこも締め付けるところがない。すっぴんの顔もすっかり弛緩《しかん》して毛穴が深呼吸している。

ハンモックからは一度転げ落ちた。

しかし慣れれば快適で、背中の下を風が通るのが新鮮かつ気持ちいい。備え付けの漫画を一冊の半分も読まないうちに寝落ちしてしまった。

目覚めた時、自分がどこにいるかすぐには分からず、慌てて起き上がろうとしてまた落ちそうになった。

状況を思い出してそっと降りる。二人の様子を見に行くとそれぞれのハンモックでまだよだれを垂らしたりイビキをかいたりしている。

私たち、みんなおっさんだ。

ソファセットへ移動して、改めて漫画を読み始めた。中学生のころ夢中になったやつだ。今度は入り込めて十一巻を一気に制覇してしまう。

そのあいだにまず沙織が起きた。ハンモックのまま、持ち込んだタブレットをお腹の上に立てて眺めている。イヤホンも使っているからサブスクの動画か何かだろう。菜央子が読み物を雑誌に替えてしばらくしたころ、ようやく流奈がもぞもぞ動き出した。ハンモックから降りて、菜央子に歩み寄ってくる。

「寝足りた？」

尋ねると、流奈は口をこれでもかというくらい開けてあくびをした。

「寝てろって言われたらいくらでも寝てられるけど」

「流奈も年度末忙しかったんだっけ」

「いつでもよ」

流奈は製薬会社の広報部にいる。プレス対応のイメージくらいしか持てないけれど、彼女に言わせるとほかにもやることはいっぱいあって、どれもこれも面倒臭いらしい。

「そろそろご飯にしない？」

起きるなりの提案だ。

確かに時計は六時を回っている。タブレットを抱えた沙織もこちらへ来る素振りを見せたので雑誌を閉じて立ち上がった。

言うまでもなく今日は、啓介の乗務日である。

向かうのは、スパの中にある飲食コーナーだ。

外のちょっといい店というパターンも検討したが、すぐ全員一致で却下が決まった。面倒くさい。

せっかくダラッとしたところで、食事のために服を着直して、化粧してなんてあり得ない。

ちゃちいテーブルを囲み、卓上に立ててある札のQRコードにスマホをかざす。カレー、ピザから居酒屋系つまみまで何でもありという感じだ。

とりあえず飲み物を注文して乾杯した。

菜央子は中生だが、流奈がカシスオレンジ、私服の雰囲気からいかにも飲みそうな沙織に至っては、完全ノンアルのジンジャーエールを手にしている。周りでも、若い客は男女にかかわらずそのくらいのビール率に思える。そこはおっさんと違うかもしれない。

「お疲れさまー」

「ほんと疲れた」

ジンジャーエールをほとんど一気飲みしてマンガチックにぷはーと息をついた沙織に、流奈が「年度末、乗り切れてよかったじゃん」と声をかける。

沙織は顔をしかめた。

「数字はなんとか作ったんだけどさ。駆け込みの契約で社内調整きちんとしないまま納期決めちゃったから後始末が大変」

　そこへもってきて、「何がなんでも年度内にまとめろ」と、ためらう沙織の尻《しり》を叩《たた》いていた上司が、開発系の部署から文句が噴き出すや責任を沙織に押し付ける卑劣な行動に出た。

　沙織の営業品目はデジタルシステムだ。今やどこの会社もさまざまな分野にデジタルシステムを導入しており、菜央子は前の会社でシステムを切り替えるプロジェクトにかかわったこともあったから沙織の話がよく理解できる。

「あるあるだよねー。発注するほうとしちゃ早く納めてもらえるのは助かるけど」

「後でバグ出まくるよ」

「確かに」

　いつものように仕事の愚痴大会になるかと思っていたら、沙織はふいに「菜央子、もうじき誕生日だね。おめでとー」と残り少ないグラスを突き出してきた。

「憶《おぼ》えててくれたんだ。ありがとー」

　改めて三人で乾杯する。

「憶えてるよ。学生の時も一回、三人で菜央子の誕生日やったことなかった？」

「あー、イタリアンみたいなとこだったよね。名前何てったっけ」

「イル何とか」

「イタリアンって、だいたいそうじゃない？」

誰も思い出せなかった。駅のそばなので学校の行き帰りに前を通るが、一度入ったきりになってしまったのだ。高かったからだと思う。

「沙織の誕生日に流奈んちに集まらなかったっけ」

「あったねー」と沙織。

「流奈の彼氏にもお祝いしてもらったね」

「彼氏、ちょっと迷惑そうだった気もしたけど」

「大丈夫。別れようと思ってたところだったから」

流奈が眉《まゆ》ひとつ動かさずに言って、沙織は大笑いする。

「あの彼氏、今どうしてるの？」

「分かんないよ。しばらくＬＩＮＥ来てたけど、ブロックしたし」

「ストーカーされたりしなかったの？」

「されたら警察に行く」

「警察当てになんないよ。結局殺されたりしてるじゃん」

「ストーカーされてないんだってば」

「流奈みたいなことしてるといつかヤバいよ」

流奈は苦笑したが、半分その通りと思っているようでもある。

「お祝いしといて何だけど」

また沙織が話題を変えた。戻したというべきかもしれない。

「祝える歳でなくなってきてるよ、あたしたち」

「そお？」

四月生まれの菜央子はいつも同級生のうちで先頭を切って歳をとってきた。

「思ったことないな。小学校のころみたいな、誇らしい気分はなくなってきたけど」

「二十八はまだしもさ。来年は二十九じゃん」

「どう違うのよ」

「分からないではないけど」

「流奈、沙織の味方？」

「私とは気にしてるとこが違うだろうけどね」

沙織には何より、子供を産めるかどうかなのである。そこに流奈は関心がない。

「人類滅んじゃうからね、遠くないうち。下手したら私たちだって寿命をまっとうできるか分かんないくらいなのに、子供なんか作ったら可哀想」

何度も聴かされた彼女の思想だ。

だが結婚はしたい。というより、さっさと仕事を辞めてのんびり暮らしたい。生活水準を維持するには夫の稼ぎが必要である。

さっさと、という意味からも、夫の稼ぎの観点からも、自分の価値が高いうちに売ってしまいたいわけだ。

一方の沙織にとって、結婚は子供を持つための手段でしかないが、残念ながらほかの手段があるわけでもない。

「さすがにねえ、はじめっからシングルマザーはいろんな意味でキツいと思うんだわ」

出産適齢期について詳しすぎるほど詳しい彼女の焦りは流奈より切実だろう。四十までなんとかなるなんて、牧歌的な幻想はとっくに捨てている。

よってマッチングアプリによる相手探しに力を入れているが、思うように進まないようだ。

「今さら、手つなぐとこからスタートして、順番に進めてくなんてかったるくてやってらんないと思わない？」

「そこが楽しいんじゃないの？」

菜央子の言葉に沙織は首を振る。

「暇ないよ。仕事忙しいし」

「今遊んでるじゃん」

「あんたたちとだったら気楽だけど、休みに気い遣いたくないよ。そういうのは抜きで、ぱぱっと決めちゃいたいの」

「簡単じゃない気がするなあ。男の人も一応、時間をかけて相手を確かめるプロセスがほしいんじゃないかしら」

　唐揚げをかじっていた流奈が、「その気になったらいくとこまですぐいっちゃうよ。簡単だよ」と口を挟んだ。

「続くかどうかは別問題だけど」

「流奈は黙ってて」

　厳しい声で遮って、沙織は菜央子に向き直った。

「私の条件は単純よ。子供のこと含めて家事やってくれること。他は望まない。全部引き受けてくれたら一番ありがたいけど、半分までだったらあたしもやる。仕事、そこまでは諦《あきら》める。あとは邪魔しないでほしい」

「分からないではないけどね」

「約束してって言ったら連絡途絶えちゃうんだわ」

「言わなきゃいいじゃない」

　また流奈がにやにやしながらつぶやいて沙織ににらまれた。

「きちんとしとかないといけないのよ。今の時代だから男も口だけはうまくなってんだけど、実行が全然伴わないんだもん。結婚した人から話聞くとさ」

　沙織は自分の同僚の例を説明しだした。

これまたどこにでもある話だろう。菜央子の周りにも、前の会社、TABI問わず同じように嘆く女性がいる。

そういえば、と流奈がしたり顔で持ち出したのは、やはり同じ語学クラスにいた女の子の話だ。

何年か前に結婚し、子供が生まれたことまで聞いていたが、その後の消息は誰にも伝わっておらず、子育てを始めると社会から隔絶されるとの推測が補強されてしまった。

「子供作らなきゃ済むと思うんだけどな。別れるのも簡単だし」

「あんたは男に養ってもらうんでしょ」

「やな奴だったら別れるわよ。で、もっといいの探す」

実際、流奈の男はしょっちゅう変わっている。

マッチングアプリなんか要らない、何もしなくても男のほうから寄ってくるのだそうだ。

「そんなんだからろくなの見つからないのよ」

毒づく沙織に、アプリにいるかどうかも疑問だなと菜央子は声にださずつぶやいた。

もっとも自分もやったことはない。

正確には、登録はしたけれども、その瞬間、いったんアプリを閉じる間もなくじゃかじゃか送られてきた男たちからのメッセージに驚き、怖くなってほとんど読まないまま退会してしまった。

あの中に宝石が混じっていたのか?

幸せな結婚をした人も何人か知っているから、ゼロではなさそうだ。

でもそこまでして探す気には今のところならない。

頭で考えれば急ぐメリットは理解できるものの、結婚するとかパートナーを持つとか、まして子供を産む自分が想像できない。

なんて考えていたら、やりあっていた二人の矛先が自分に向いてきた。

「菜央子はどうなのお?」

からかうような流奈のささやきに、「他人事《ひとごと》みたいな顔しないで」という本気の恫《どう》喝《かつ》が沙織からかぶせられた。

「どうってほどのことはないかなあ」

菜央子とて異性と付き合った経験がないわけではない。

大学時代にはサークルの後輩に告白されて、一年ちょっとカップルとして振舞っていた。沙織と流奈も知っている。

「自然消滅ってのがさあ、よく理解できないんだよね」と流奈。

「そのあとも時々会ったりはするんでしょ?」

った。

「いつまでも実家暮らしってのがよくないと思う」

えー、そんなこと関係あるの？

「あるでしょ。大学でも下宿生同士はすぐデキちゃうもん」

確かに三重出身の流奈は学生の時から一人暮らしをしている。大学に船橋《ふなばし》から通っていた沙織も、就職を機に独立した。

「で沙織、うまく行ってるわけ？」

「親と一緒だったら今より状況悪かったかも」

「そんなに違うかな――」

無視して沙織は「何で菜央子、ずっと実家にいんのよ」と攻め立てた。

「会社行くの大変じゃない。単純に通勤時間がもったいないしさ、急に出なきゃいけない時とか対応できないし。電車乗ることにエネルギー使って、パフォーマンスに影響出かねないよ」

「多分菜央子は、本当の意味で恋愛したことないんだよ」

うわー、沙織にそんなこと言われるかな。

へらへらしてやりすごそうとしていると、沙織はさらに因縁をつけるように詰め寄

「いけないのかなあ」

言われてみると、石神井公園だって東京だというだけで、都心からの離れ具合は船橋とどっこいどっこいである。

「ウチの会社、沙織んとこほど忙しくないからさ」

しかしTABIでも前の会社でも、通勤圏内に実家があるのに一人暮らしの同僚は少なくなかった。というよりそっちが主流だ。

それこそ結婚して子供ができれば郊外に住まいを構えたりするが、独身のうちは男女関係なく山手線の内側、でなくてもあまりはみださないくらいのエリアに部屋を借りている。

スタンダードがそちらなのは菜央子も認めざるを得ない。

「何でそうしないのよ」

いつのまにか菜央子の実家暮らし問題が焦点になっている。流奈も面白そうに沙織の尻馬《しりうま》に乗る。

「転職も成功したし。お給料悪くないんでしょ？」

「上がったってほどじゃないよ。やりたい仕事だったから移っただけ。下がりもしてないけど」

「前だって有名企業だもんね」

流奈はにやっと、男にはあまり見せなさそうな種類の笑顔を菜央子に向けた。

「ファザコンじゃない？」

「ないない。それは絶対ない」

「あー、菜央子お父さんと住んでるのか」

沙織がなぜか拍子抜けしたように言った。

「何納得してんのよ。うちのパパ知ってる？　って知るわけないでしょうけど、ひねくれ者でこじれてて、絶対ものごとをまっすぐ見ようとしない、どうしようもないオヤジだよ」

時代錯誤の外国嫌いで、転職先も秘密にしているのだと言い立てたら、流奈が再び口を開いた。

「でもさ、親が離婚した時、お父さんのほうについていったわけでしょ」

「母親が一方的に言い出した離婚だったからね。認めなかったけど不倫だったのは間違いないし」

「だからお父さんを可哀そうに思って一緒にいるんじゃないの？」

菜央子はうーんと唸《うな》りながら椅子にもたれて天井を見上げた。

「可哀想っていうのは違うなあ。パパのほうがひどかったころもあったから。それこそ仕事ばっかかで家族のこと全然顧みないとかさ。どっちもどっちって感じだったと思う。ただ、ママには行くところがあったし」

「やっぱりパパを放っておけなかったんじゃん」

「その時はね」

「今もなんだよ」

流奈は決めつけた。

しかし、自分の感情を冷静に分析しても、菜央子に啓介を可哀想と思う心はなかった。

パパは決して弱くない。

自分では負け犬と思ってるみたいで、客観的に見て挫折《ざせつ》したことになるかもしれないが、どっちかといえば勝ち組でさえあるような気がする。

やりたいことしかやっていない。今、誰に遠慮する必要もないし、人の指図なんか受けない。

もちろんお客さんに言われたところへ車を走らせなければいけないが、もし嫌になったら他の仕事だって十分できる知力、体力を持っていると思う。

一番分からないのは、どうしてあんなに人の目ばかり気にするのか。

自分を大きく見せたがって依怙地《いこじ》なのもその裏返しだろう。

微笑ましい時もあるけれど、こちらにも影響が及ぶ場合は辟易《へきえき》してしまう。

じゃあなぜ私はずっと一緒にいるのか。

確かに不思議かもしれない。

「料理が上手っていうのはあるかも」

「え？」

すぐさま反応したのは沙織だ。

「菜央子、お父さんに食事作ってもらってんの？」

「そうだね」

「週何回くらい？」

「向こうが仕事でいない時以外はだいたいいつも。週で言ったら四、五回かな」

「ひょえー」

奇妙な嘆声を発して、沙織はさらに突っ込んできた。

「菜央子は作らないの？」

「作ったら、まずいものは食べたくないとか言われそう。いや、きっと言うな」

「代わりに掃除、洗濯は菜央子の担当とか？」

「いや」

洗濯だけめいめい自分のものをやっているが、そのほかの家事はほとんど啓介に任せきりだ。食事の後片付けもしない。

「素晴らしいよ。ワンダフォー。エクセレント」

「お金取るんだよ。ご飯は晩が九百円で昼食べたら六百円、コーヒー二百円。ゴミ出し、お風呂《ふろ》洗いもそれぞれ二百円だし、フルに掃除してもらったら五千円よ」

「安いもんじゃない。家事代行で掃除頼んだら一回一万じゃ済まないはず」

菜央子も言ってみただけで、沙織への異論はない。

特に食事はお得なのだと補足したくなったがやめた。ファザコン認定確実だ。

「厄介なのはさ、とにかくうるさいオヤジだから、自分のやり方じゃないと嫌がるのよ」

先月以来の国産食材縛りは終わる気配がない。

菜央子は縛ってほしいなんてこれっぽっちも思わなかったのに、勝手に自分を追い込んでいる。

先月、外国嫌いを菜央子にたしなめられた後、啓介は徹底的に外国産食材を排除した。

もともと、安いだけの外国産など使う啓介ではなかったけれど、メニューは和風以外にも幅広かった。

スパイスがほとんどだめになった影響が特に大きいと思う。何しろコショウがＮＧなのだ。

カレーなど望むべくもない。啓介が作るやつは特に好きなのだが。

「発祥がどこでも、もう国民食でしょ。例外にしていいんじゃない？」

「作らないって決めたんだから作らない」

啓介は頑《かたく》なな態度を崩さない。

「忘れるなよ。お前がごちゃごちゃうるさいからこうなったんだからな」

そこまで言われては菜央子だって救いの手を差し伸べる気が失せる。

「でしょ？」

「どうしても食べたいなら自分で作ったら？」

流奈が言った。

「まあそうだけど」

「やらないの？」

的確に詰めてくる。

「そこまで、どうしてもってほどでもないから」

「面倒臭さが勝つってことね」

懸命に反論を考えているところに、ため息混じりにつぶやく沙織の声が聞こえた。

「いいなー。菜央子のパパと結婚したいわ」

流奈以上に聞き捨てにできない。

「冗談でもやめて。私のお母さんになる気？」

しかし流奈は、もっと面白いおもちゃがあったとばかりに「したら？　別れてるんでしょ」なんて焚《た》きつけるように言う。

「あ、子供作らなきゃいけないの忘れてた。お父さんいくつだっけ。六十いっちゃってる？」

「いってるよ」

「でも何とかなるんじゃない。男も歳とると精子が劣化するらしいけど、致命的ってわけじゃないでしょ。石田純一《いしだじゅんいち》んとこもたくさんできてるし」

耳を塞《ふさ》ぎたくなった。

「ほんとやめて。気持ち悪い」

「冗談よ。決まってるでしょ」

しかし薄笑いを浮かべている流奈の本心は読めない。

それ以上に沙織が何も言わないのが怖い。

「お父さん、イケメン？」

また訳の分からない質問が流奈から発せられる。

「おじさんよ。ただのおじさん」

憤然と答える一方で、啓介の容貌《ようぼう》を頭に浮かべていた。

年齢を別にしてもイケてるという部類ではないだろう。

やや縦長だが、細面というよりがっしりした、要するに大きな顔。背も結構高いので、初めて会う人には威圧感があるかもしれない。

ハゲているわけでないのだが、額が広い。髪はオールバックに近い七・三分けなので余計にそれが強調される。

ど近眼だがコンタクトレンズはせず、黒縁の遠いところ用と銀縁の近距離用、二種類のメガネをしょっちゅうかけ替えている。

子供のころからずっとメガネなので、ない顔をさらすのが恥ずかしいのだという。

そしてその下の目はいつでも人の粗《あら》を探すようにきょろきょろしている。

本人によると永井荷風《ながいかふう》に似ていると言われたことがあるそうだ。

永井荷風って、国語で出てきた気がするが一冊も読んでいない。顔はまるで分からなくてググった。

微妙なレベルである。似ていなくもない、くらいか。

荷風みたいな丸メガネではないけれど、黒縁の時はそこが共通だから言われたのだろうと思う。

ただ荷風も相当な偏屈だったらしい。

あと助平だった話がある。死ぬ間際までストリップに通ったとか。

啓介はそのへんよく分からない――あーやだ。考えたくない。

ともかく、若い女性に好意を持たれる要素など見当たらない中で、救いがあるとしたら、ごくたまに見せる、照れ隠しみたいな笑顔だろうか。

いつもは皮肉を言っているか取り澄ましているかだが、料理をほめた時なんかにちらっと、隠しきれない嬉《うれ》しさがのぞく。

ちょっと可愛い。

隠さなければなおいいのに。

でもやっぱり、最大の魅力は料理そのものだな。

テーブルの上を見やって改めて思った。

すでに残骸《ざんがい》といった感じになっているものが多いが、唐揚げ、明太ピザ、海鮮サラダにひと口ギョーザなどが並んでいる。

もちろん菜央子もたくさん食べた。

こういうところにはこういうところの味がある。今日は話題が少しややこしくなったが、友達とわいわいしゃべりながらなら何でもおいしい。

しかし啓介の料理とグレードが違うのは明らかだ。

ダイヤモンドとガラス玉。

それは褒め過ぎにしても、本物と比べるとどうにもしょぼい。

唐揚げは醤油《しょうゆ》辛いばかりで肉に歯ごたえもジューシーさもない。

色が毒々しいわりに魚卵の味がほとんど感じられない明太ソース。

海鮮サラダに至っては、商品名に偽りがあると思う。小指の三分の一ほどのエビとイカの切れ端が、しなびかかったレタスの中から数片発掘できただけだ。

ギョーザの皮はぶよっとして――。

きりがない。

たまにだから平気だけれど、パパのご飯なしじゃ私、やっぱり生きていけない。

「お父さん、仕事何なさってるんだっけ」

やっと沙織が言葉を発したと思ったら、それはまたどういう意図？

彼女も気づいたみたいで「あ、家事全部やってくれるとか、時間的に大変なんじゃないかなと思って」と急いでつけくわえた。

「しがないタクシー運転手ですよ」

一瞬、沙織の頬が強張《こわば》ったように見えた。余計なことを突っ込んでしまったというふうな。

今まで菜央子も話さなかった。

みっともないとかではないと思ってきたけれど、そういう感情がゼロだったか自信が揺らいだ。

沙織の父親はメガバンクだったか。

職業差別をするような人間でないのは分かっている。しかし、ミドルとかアッパーミドルと言われる環境にずっと身を置いていれば、さっきみたいに反応してしまうのは自然だろう。

そして菜央子も、啓介自身も、昔は沙織と同じ環境しか知らなかった。

意地悪な答え方をしてしまったことを、沙織にも、啓介にも申し訳なく感じた。

「いいじゃん運転手さん。今引っ張りだこですごく儲《もう》かるらしいよ」

流奈が何を思ってそう言ったのかは分からなかった。彼女の実家のことは聞いた記憶がない。

「外国人嫌いだって言ったでしょ。インバウンドを乗せないようにしてるんだって。馬鹿みたいじゃない？」

「へーえ。でも構わないよね沙織。沙織が稼ぐから」

「だからもう、おしまいにしようって」

やっと要望が通り、流奈は連休に行くつもりだというフェスについて語り出し、沙織、菜央子も好きなバンドを言い合った。

音楽、ドラマ、最初に戻って仕事の愚痴。

この三人だといつまでもしゃべっていられる。多少の波風はあっても、もう十年続いている交遊とはこういうものなのだろう。

しかし菜央子は時々別のことを考えていた。

誕生日の食事、パパに作ってもらおう。

スマホに入れてある啓介の勤務表はさっき確認した。食事を作ってもらえる巡り合わせだ。それも公休前日。

今日のがお祝いのディナーになってしまうのはしょぼ過ぎる。

さっきまでは、会社の誰か、あるいはバイトのジェシカでも誘って外食するつもりでいた。

啓介と誕生日を過ごすなんて、高校生の時だってあったかなかったかくらいだ。

素直に祝ってくれるとも思いにくいが、少なくとも現在、菜央子に特別な日を共に過ごすべき異性などはいない。

親はどこまでも親のはず。きちんとお願いをすれば、素直にかどうかはともかくそれっぽい食卓を整えてくれるに違いない。

いや、お祝いのスペシャルメニューなのだから、いつも以上に期待できるだろう。考えるだけで楽しみだ。

国産品縛りの中で何が出てくるかも興味深い。

翌日は、勤務明けの啓介が作ったお昼を食べた。

肉うどんである。卵も落としてある。

ただ落とすと白身はつゆに紛れるだけで勿体《もったい》ないといって、温泉卵にしたものを入れるのが啓介のこだわりだ。そういう手間を惜しまない。

そして「北海道産小麦百パーセントだからな」と念を押してくる。

「はいはい」

添えられてきたのは国産唐辛子の一味だ。七味は原料の出所がよく分からず台所から消えた。

菜央子としては美味《おい》しければそれでいいのだが、上げ膳据え膳同様の境遇でとやかく言う筋合いもない。

「あのさ、パパ」

「何だ」

一味をうどんに振りかけながら、顔も上げずに啓介が言う。

「今度の私の誕生日なんだけどさ」

ゆっくり菜央子と目を合わせた。

「いつだっけか」

ご挨拶《あいさつ》だが、忘れたふりだろうと信じる。

「四月二十一日」

「それがどうした」

「うちでご飯食べるから。パパ、家にいる日だし」

うどんを呑《の》み込んで、啓介が心底呆れた口調でつぶやく。

「何でそうなる？」

「どう思ってるか知らないけど私、彼氏とか――」

途中でやめて、菜央子は「それは秘密」と言い直した。

「パパも秘密だらけでしょ」

「非難はしてないぞ」

「じゃ、そういうことでお願い」

「茶漬けでも用意しとけばいいかな」

予想できなかった対応でもないけれど、ちょっと不安になる。

いや、啓介はきっとご馳走《ちそう》を作ってくれる。そう信じる。

「お任せするよ。パパは私の好み分かってるし」

「注文は受けない。いつだって」

確かに。パパはパパが作りたいものしか作らない。

書いといてくれ、と言うので、卓上カレンダーの二十一日のところに〈ナ　誕生日
夜要る〉と記入した。

ナ、は菜央子の略である。普段でも、食事の要否は間違いないようこのやり方で伝えることになっている。
うどんをすする啓介の頭を眺める。白髪の割合は四、五分の一に達しただろうか。

「昨日は友達と会ってたんだけどさ」

男はともかく、ご飯を食べる相手くらいはいると伝えた上で媚《こ》びようとしたのか。あるいはからかいたかったのか。

どういうつもりでつぶやいたか自分でもよく分からない。

「その一人がさ、パパみたいな人と結婚したいって」

「馬鹿じゃないのか」

即座に啓介は言った。

「ご飯作ったり、家事やったりしてくれるのがいいみたいよ」

「俺は人のためにやってるんじゃない。全部俺のためだ」

しっかり自覚してるわけね。ならそれでいい。

沙織は子供が欲しくて、仕事と両立させたいとも思っていて、とかまでは言わなかった。

その可能性は少ない気がするけれど、啓介が「お前はどうなんだ」なんて絡んできたら助からない。

四月二十一日がやってきた。

朝からＬＩＮＥに何人もがメッセージを送ってきた。

嬉《うれ》しいのだけれど、このごろはやたらに誕生日を人に教えないよう気をつけている。ＴＡＢＩ関係などまだ二、三人にしか言っていない。

だいぶん前、Ｆａｃｅｂｏｏｋをまだちょくちょく見ていたころ、誕生日を公開設定にしていたらとんでもないことになった。婚活アプリに登録した時と並ぶトラウマだ。

慌てて非公開設定にしたが、今ＬＩＮＥでメッセージを寄越す中にさほど親しくないのが混じっているのも、その時誕生日を知られたせいだろうと思われ、深く後悔している。

一方、ごく親しくても何も言ってこない人がいる。

誕生日をどのくらい重要視するかは人それぞれということだ。

沙織はスパでお祝いの口火を切ったくらいだから重視派のはずだが、当日には今のところアクションがない。

めでたいかどうか、本気で悩んでしまったのかもしれない。

流奈の〈素敵な一日になるといいね！〉は、深読みするとからかっているようにもとれる。彼女は多分、軽視派だろう。

考えてみれば啓介など、軽視派の最右翼っぽい。

誕生日なんて黙ってたって毎年巡ってくるわけだろ？　何か意味あんのか？

このあいだは話が別の方向へ流れたが、前にそんなことを言っていた気がする。

本当にお茶漬けではないか。

実は、ひそかに仕込みを進めてくれているのではなんて思って、時々冷蔵庫をチェックしたが、昨日までまったくその様子がなかった。

気になって仕事への集中力にまで悪影響が及び、会社を出たのは七時半に家に着けるギリギリに近かった。

あ、と思ったのは丸《まる》の内線《うち》で池袋へ向かっていた途中だ。

御《お》茶《ちゃ》ノ水《みず》の手前のへんは土地が低くなっているらしく、神田《かんだ》川を渡る時に一瞬電車が地上に姿を現す。

窓の外はもうかなり暗くて様子がよく分からなかったけれど、ガラスにぽつぽつ水滴がついた。

朝からどんよりした天気ながら、日付が変わるころまでは保つような予報だったたから油断した。

石神井公園の改札を出たら、道行く人がみな傘を差している。それを眺めつつ券売機の前で思案に暮れているのは傘を持っていない人たちだ。

売店の傘は売り切れたようだ。

コンビニに走って傘を買うか？　しかしバスでも歩きでも七時半には帰れない。遅れたら、啓介のことだから食事をさせてくれない可能性まで考えたほうがよさそうだ。

雨で、と連絡するのも逆効果な気がした。それも考えに入れて行動するのが当たり前と罵倒《ばとう》されるのではないか。

超豪華という前提でだが、これ見よがしに一人で食べて、菜央子の分は冷蔵庫に仕舞い「明日の俺の昼飯だ」なんて言うかもしれない。

不幸中の幸いは服がいつものユニクロなことだ。簡単に家で洗濯できる。

意を決してパーカーのフードを被り、駐輪場に向かった。

顔見知りになっている係のおじさんが「乗って帰るのかい？」とびっくりしたように訊《き》いてくる。

「急いで帰らなきゃいけないんで」

緊迫感が出ていたのだろう、どんな想像をされたか分からないが、おじさんはそれ以上言わず自転車を出してくれた。

「気をつけて」

短く礼を述べてサドルにまたがる。

庇《ひさし》から外れた途端、再び手の甲を打ちだした雨粒を振り払うようにペダルを漕《こ》ぐ足に力を込めた。

全速で飛ばす。車からも視界が悪い状況でちょっと危なかったかもしれない。

ブレーキをきしませつつ玄関先に自転車を滑り込ませた時、パーカーもチノパンもびしょびしょだった。

「ただいま！」

異様な姿に、出迎えのドットもひるんだのかすり寄ってこない。

リビングに入って時計を見る。七時二十三分。

「着替えと、シャワーだけ浴びさせて。五分で済ませるから」

「ああ」

台所にいた啓介は異を唱えなかった。さすがに唱えられなかったのだろう。

風呂場《ふろば》に駆け込むと湯舟も満たしてあったが、菜央子のために準備してくれたわけではないと思う。

床が濡《ぬ》れていたから啓介がすでに入っている。啓介にとって、酒を飲む、すなわち気合を入れて食事をする前に身体を清めるのは欠かせない儀式のようなものなのだ。

がっつり作ってくれているのか？

一気に期待が膨らみ、雨に濡れた不快さも忘れた。

言った通りに湯舟には浸からず急いで上がり、髪もタオルでざっと拭いただけで食卓へ向かう。

「お待たせしました」

テーブル上の、見かけないグラスに目が釘付《くぎづ》けになった。すらりと優美な形をしている。

そして啓介が、ずんぐりしたボトルを冷蔵庫から出してきた。

ソムリエナイフで封を切り、栓を押さえている針金を緩めて外してから、栓に手をかけて慎重に力を込める。

陽気な破裂音が響き、ボトルの口から薄い煙が立ち上った。

「すっごーい！」

先月飲んだのはあくまで「ぽい」ものだった。

これは本物だ。

グラスに注がれた液体は黄金色にきらめき、二、三筋の泡の列が絶え間なく底から立ち上がってくる。

「泡をきれいに見せるためにグラスが細長いんだな」

「グラスまでわざわざ買ってくれたの？」

「まあな。こういうものはグラスで味が変わる。何より気分を出さなきゃいけないだろ？」

「ありがとう！」

華奢《きゃしゃ》な足に手を伸ばして啓介はグラスを持ち上げた。

「お前が喜んでるんだから、誕生日もまあ、めでたいってことにしておこう」

よく冷えたシャンパンは素晴らしい香りだった。

爽《さわ》やかで華やか、かつ複雑。その香りが、泡といっしょにはじけて口の中に一気に広がり、続いて鼻へと押し寄せてくる。

「泡の効果はのど越しだけじゃないんだよな、言うまでもないが。白ワイン用と赤ワイン用、両方のぶどうを使ってるのが面白いとこだ」

好きなお酒というと菜央子にまず浮かぶのはビールだけれど、特別な日には特別な酒がふさわしい。

あてに出されたのは生ハムだ。皿ごと冷やしてある。

「ハモン・セラーノだ」

本格的な生ハムを初めて口にしたのはいくつの時だったか。レストランでだったと記憶するが、クセを少し苦手に感じていたかもしれない。

しかし今は、シャンパンとの相性の素晴らしさが理解できる。

「いぶした後、ものによっちゃ一年以上吊《つ》るして熟成させるらしい。熟成ってのは発酵ってことだよな。時間をかけて入り組んだ旨《うま》さを出す。上等の鰹節《かつおぶし》と一緒だな」

途中で啓介は席を立って台所へ向かった。一品ずつコースで出すようだ。

フライパンを火にかけてバターをたっぷりめに入れる。

溶けたところに白いスティックみたいなものを丁寧に並べ、五、六分かけてゆっくり焼く。

そのホワイトアスパラはとにかく太かった。

菜央子のだったら親指とでもくらべものにならない。啓介でいい勝負、いやアスパラが勝っている。

丸ごと、一人三本ずつの盛りつけは相当な迫力だ。

こんがりついた焦げ目が美味《おい》しそうだが、上には対照的につるんとしたビジュアルの卵が重ねられている。

「本来のビスマルク風は目玉焼きらしいが、アスパラが柔らかいから合うようにポーチドエッグにした」

ポーチド、ええと、お湯の中に卵を割り込んで固まらせたやつだ。

ナイフを入れるとまだほとんど液体の黄身が流れ出してアスパラに絡みつく。

真っ白の皿にホワイトアスパラ。そこに卵。

白と黄色だけの、しかし多様なグラデーションを目で楽しみながら一本の半分ほど、根本のほうを一気に食べる。

溢《あふ》れ出すアスパラの甘いジュース。

「白いけれど、青臭さもしっかりあるんだよな。植物感っていうか」

嚙《か》みしめながら啓介がつぶやく。

「皮を剝《む》いてない上のほうは、ちょっとさくっとしてタケノコみたいじゃないか？」

「うんうん」

「卵を潰《つぶ》してソースにするとよく合うだろ」

「うんうん」

ところでビスマルクってなんだっけ。

耳にしたことはあるんだが。

訊《たず》ねると顔をしかめられた。

「恥ずかしいと思わないのか？　常識の中の常識じゃないか」

いつもの流れでスマホを取り出してググったら、ドイツ帝国初代首相と出てきた。それまでバラバラの小さな国に分かれていたドイツを統一したんだそうだ。

世界史で習ったんだろうけれど、名前が辛《かろ》うじてで、中身はまったく記憶にない。

「私、受験では世界史取らなかったから」

「関係ない。鉄血政策、超有名じゃないか。力が全て。敵対勢力は容赦なくぶっ潰す」

啓介はしたり顔で言う。

「どえらい大食いだったらしいぞ。卵をいっぺんに十五個食ったとか。体重百二十キロ超えだったってよ。酒もむちゃくちゃ飲んだ。歴史に名を残すのはそういうエネルギーの塊みたいな奴なんだな」

「私は美味しいものをほどほどでいい」

しかし次のひと皿もボリュームたっぷりだった。

巨大なエビ。

身体だけで二十センチほどありそうだが、ハサミもカニみたいに大きい。

「分類的にはザリガニらしいな」

オマールエビ、と教えてくれたのはいちいちクイズを出していたら時間がかかり過ぎると思ったからだろう。

「オマールブルーにしたかったが手に入らなかった。ま、さすがに高すぎるしな」

「ちなみにこれ、いくら？」

四千五百円、と啓介は答えた。一匹を半割りにしているので、啓介がよく言う原価率三倍の法則からすると、店では一人前七千円くらいだろうか。

茹《ゆ》で汁《じる》をスープにしたのがついてきたが、そりゃ捨てる気にならない。

ぷりぷりの身を殻から外して頬張る。

「お、美味しい」

前言撤回。これならいくらでも食べられる。

当然アスパラのそれとは違うのだけれど、エビ、カニ系の濃厚なうまみの中に甘さを感じる。

美味しいものが甘いというのは、肉、魚、野菜を問わずほとんどの食材に当てはまるようだ。

付け合わせは生のキュウリとトマト。マヨネーズが添えてあるから一種のサラダだが、溶かしたバターが別についていた。それもまたリッチな味だ。

「アスパラとバター被《かぶ》りになっちまうが、変化があるほうがいいようにと思ってな」

被りなんてまったく考えなかった。どうしてそんなことまで気にするのか不思議なくらいだ。

「さて」

啓介がまた立ち上がる。

オマールも十分メインを張れたがおしまいではなかった。

流し台の隅に大きなボウルが伏せてあったのが前から気になっていたが、やはりその下に隠してあった。

運ばれてきたのを見ると、どうやら鳥みたいだ。

一人分に、骨付きのモモが一本。といっても鶏よりはかなり小さい。並んでいる小判形のコロッケくらいな肉が、胸の部分だろうか。

「何の肉？」

「鳩」

「公園とかにいるやつ？」

「食えるのかな、あれ。まず獲《と》っちゃいけないだろうな。これは食用に飼ってるやつだ。ローストしてある」

赤ワインが開けられ、丸みの強いグラスに注がれた。

鳩の肉も、生に近いような焼き方のせいもあるだろうが真っ赤だ。

ものすごく肉々しい。脂はあまり感じないがしっとりしていて、舌の上でかすかな刺激を感じる。

チョコレートを溶かし込んだようなとろりとしたソースからはそれがよりはっきり伝わった。酸味？　苦味？

「骨とか内臓とか、全部砕いて、濾《こ》してソースにしてる。サルミソースって言うんだ」

命の味か。

罪深い。

しかし美味しい。

赤ワインと素晴らしく合う。

「今日出てきたの、材料がどれも凄《すご》かったね。鳩なんて生まれて初めてだよ。売ってるの？」

「取り寄せとかできるし、このごろじゃたいていのものは何とかなる」

「どこに隠してたの。冷蔵庫に入ってなかったと思うんだけど」

「冷蔵庫は会社にもあるからな」

そこまでして気を揉《も》ませたかったか？　パパってやっぱり変。

でも許す。

「ほんとありがとう。最高のディナーだったわ」

「お前の好みに合わせたつもりだ」

なお素っ気ない調子で啓介は「気づかなかったのか？」と続けた。

「え、何に」

問い返してはっとした。

「シャンパンっていうのは、フランスのシャンパーニュ地方で作られてるからそう呼ぶんだ」

少なくともフランスのものなのは解説されるまでもない。

ボトルを目にした瞬間から興奮してしまい、国産縛りをすっかり忘れていた。

飲み物だけではない。啓介が続ける。

ホワイトアスパラと鳩もフランス産でそれぞれロワール地方、ランド地方のもの。ハモン・セラーノはスペイン。オマールがカナダ。

「赤ワインはちょっとひねってニュージーランドにしてみた」

「どうして？　あんなに避けてたのに」

「決まってるだろ。娘への愛情だ」

澄ました調子で啓介は言った。

「俺としては、これからも外国文化をなるべく排除して生きていくつもりだったんだがな。外国好きな娘の好みも尊重してやらないわけにいかないだろうと。ずいぶん金がかかったが」

さすがの菜央子でも素直には受け取れない。

注文は受けないと啓介が吠《ほ》えたことを思い出す。

全部俺のためだ、とも宣言していた。

まさしく。今日の料理は全て啓介が食べたくて作ったに違いない。日本酒好きだけれど、ワインだっていいのがあれば喜んで飲むのだ。

「まあいいわ。そういうことにしとく。美味《おい》しかったのは本当だし」

笑顔を向けた。

「でも、明日《あした》からまた国内食材限定で大丈夫よ」

「いや」

平然と言えるのは立派なものだ。

「一応、お前から飯代を取ってるわけだし。俺の信念だけを貫くのも筋が通らない」

「気を遣ってもらわなくて大丈夫よ」

聞こえないふりで、啓介はワインを菜央子のグラスに注ぎ足した。

「チーズを切ろうか」

「どこのよ」

「フランスと、イタリアもあるぞ」

スマホの着信音が鳴った。沙織からのＬＩＮＥだった。

〈おめでとう。ディナーは何作ってもらったの？〉

パパと家でなんて言わなかったはずだが。ひどく恥ずかしくなってきた。

やけくそで返信する。

〈豪華フレンチフルコース。メインはフランス産鳩のローストよ〉

ひょえー、と聞こえた気がした。

〈お父さん、やっぱり素晴らしいよ〉

〈そうでもないと思う〉
〈あたし、お父さんみたいな人、絶対に探してみせる〉
簡単には見つからないだろう。だから安心していいかもしれない。
〈せいぜい頑張ってみて〉
〈ありがと。菜央子もね〉
余計なお世話だ。
グラスを引き寄せて傾ける。やけくそでチーズにもフォークを伸ばした。
二十八回目の誕生日の夜が更けてゆく。

クラウディ・ベイ（ニュージーランド）のピノノワール
穏やかだけれど複雑な香り
特別な日に

# Pigeon
（ピジョン、鳩）

ニワトリと違い　飛ぶ鳥の肉は真っ赤です

# 第五話　コシアブラの混ぜご飯

午後六時過ぎ、自由《じゆう》が丘《おか》のはずれで乗ってきた客が、シートにどすんと尻《しり》を落とすなり「このへんでおいしい店、どこか連れてってください」と言った。

「このへんのことあんまり知らないんですよ、申し訳ありませんが」

「え、そうなんですか？」

三十代後半くらいに見える二人連れの女で、話しているのは髪の黒い小柄なほうだ。

「タクシーの運転手さんって、東京中走り回ってるんでしょう？」

「走り回ってはいますけどね。言われたところへ行くだけですから」

女は不満げな顔になった。

「どうする？」

連れの、ひょろりとした金髪に訊《たず》ねる。

「うーん、どうしよっか」

「歩いてそのへん探してみる？」

連れはしばらく考えて「もうあんまり歩きたくない」と答えた。

「じゃあ、どうするのよ」

「どうしよっか」

進展のないやりとりがしばらく続いて、立原啓介は「駅のそばだったらいろいろあると思いますよ」と助け船を出した。

「そうする？」

「そうしよっか」

「じゃあ駅でいいですね」

相手の気が変わらないうちに車を出す。

「ねえ、直接知ってるのでなくていいから、評判いいお店とか」

小柄なほうがなお訊《き》いてくる。

営業所の近くならよく呼ばれる店のいくつかくらい教えられるけれど、自由が丘はアウェイ中のアウェイといっていい。川崎《かわさき》までの仕事があって、戻る途中に通りかかったところを拾われたのだ。

「ネットでお探しになったほうが早いと思いますよ」

駅前のロータリーで二人を降ろすと、タクシー乗り場にも客がいて、間を置かずまた実車になった。

目論見通りだ。

離れ際にさっきの客が、互いのスマホを見せ合っているのが目に入った。

うまい店にたどり着けるだろうか。

ネット情報で店を判断するのにも、街を歩いて店構えで判断するのと同様のセンスや経験値が必要だと啓介は思う。

タクシーの運転手に訊けばわかるなんて、そういうテレビ番組があるようだから影響されているのだろうが、少なくとも東京では事情が違うことに気がつかない段階で望み薄だ。

得意地域の問題はさておき、詳しい運転手がいないとは言わない。

しかしそれは食べ歩きを趣味にしているような一部の例外だろう。

食そのものには並々ならぬ情熱を注ぐ啓介だが、飲食店の知識は人並みかそれ以下だ。

昔こそあちこち行ったけれど、運転手になってからはラーメン屋のほかさっぱりだ。

考えてもらいたい。

運転手が勤務中に立ち寄るには、車を停めなければならない。

東京に駐車場つきの飲食店など限られている。コインパークを使えば、下手をすると食事以上に金がかかる。

そのハードルがまず高いし、そもそも人に教えられるような店にしょっちゅう行くほどの給料を貰《もら》っていない。

一般的な夜の食事の時間帯は、運転手にとって書き入れ時で、ゆっくり店に入ってなどいられない。ようやく暇ができるころにはほとんどの店が閉まっている事情もある。

酒を飲めないのは言うまでもなく、啓介的にはうまいものを食おうという気合が入らない。そういう運転手は少なくないだろう。

で、店で食べるとしたら無料の駐車場がある安いファミレス、あとは牛丼系、ラーメンくらいということになる。

圧倒的に多いのはコンビニだ。都心を多少離れれば駐車場のあるところを見つけられる。コンビニのことならはっきり言って相当詳しい。

各チェーンの弁当は全種頭に入っているし、季節のメニューや新商品だって漏れはない。

おやつ類もよく買う。運転手同士では、どこのチーズケーキがいけるとか、唐揚げならあそこ、なんて会話がしょっちゅう交わされる。

啓介もその一人だ。

コンビニの食べ物は決して嫌いではない。

むしろよくここまでできるなと感心する。

おかずの素材などよく吟味されているし調理も的確だ。麺《めん》など、最近のは時間が経っても伸びず、かつ硬くもない。技術の粋が尽くされているのだろう。

ものごとの進化はかくあるべしという手本のように感じられる。


菜央子が誕生日の食事を作ってくれと言ってきたのは非常にありがたかった。

いくらよくできていても、コンビニの食べ物なんて外国産原料オンパレードに違いなく、一時は弁当を自作していた。

しかし車の中での食事にそこまで気合が入らない。

だんだん面倒になり、ついにまたビニ弁に手を出した。蟻の一穴になって、菜央子の目の前で捨てたコショウをまた買ってきて、家で一人で食べる時に使ったりもした。

約束やルールには並々ならずこだわる啓介であり、バレなければ破ったことにならないなんて理論武装もしたもののやはり心が痛む。

論理構成に少々無理筋の気味があったのは認めないわけにいかないけれど、国産縛りの撤廃に成功して内心ガッツポーズが出た。

やはり食べ物は、食べたいものを食べたいように、が一番だ。

などとしみじみ思いつつ、その日も高島平《たかしまだいら》のコンビニに立ち寄った啓介だったが、駐車場に乗り入れてあれと思った。

別のホテイタクシーが停まっている。赤羽営業所の車だ。

準地元といっていい場所で、同僚と鉢合わせすることは少なくない。

しかしそれは、朝、大下忠男が乗っていった車だった。

大下はいつも、妻のお手製弁当を、昼用、夜用と持ってくる。

おやつかとも思ったがお昼時だ。

中に入ると、まさに弁当の棚の前に、思案にくれた様子の大下が立っており、声をかけたら悪いことをしているのを見つけられたみたいな顔で振り返った。

「たっちゃんか」

「珍しいですね。今日は弁当じゃないんですか」

それが、と妻が入院していることを明かした。

「がんらしくてよ」

軽くしゃべろうとしているが、心細さも透ける。

「乳がんで、ステージ2とか言ってたかな。切れるからどうってことないって話なんだが」

大下には個人情報保護の概念がない。

仕方ないので啓介も「今はがんも治る病気ですからね」と応じる。

「二人に一人はなるらしいですから。珍しくもなんともありませんよ」

「そうみてえだなあ。だから本人もあっけらかんとしてはいんだ。乳なくなって困る歳でもねえし」

内心また苦笑する。

「いや、それはやっぱり女性にとって重大な問題だと思います。気持ちの上からも。労《いた》わってあげないとだめですよ」

「たっちゃんはやっぱりいいこと言うな。俺はがさつだからなあ」

大下は弁当の棚に視線を戻した。

「迷っちゃうよな。いろいろあって」

「これ美味《うま》かったです」

「へえ。じゃあそうしよ」

啓介の推薦した「花椒《かしよう》がピリリときいたマーボー豆腐丼」をレジに持っていって勘定を済ませた大下だが、店員に温めてくれと言ったら備え付けの電子レンジを示された。

中にモノを入れたところまではよかったが、操作の仕方が分からないようで、ボタンを見比べたまま動けないでいる。

啓介は自分の買い物を中断し、容器に張ってあるシールの番号を入力してスタートスイッチを押せばいいと教えてやった。

「さすが」

「コンビニに慣れてれば誰だってできますよ」

感心してもらうほどのことではない。

「しかし奥さんがいらっしゃらないあいだ不自由ですね」

「どうにでもなるわね」

強がっている。

大下は妻と二人暮らしのはずだ。子供たちは独立して、それぞれに孫ができたように聞いたから、親父の世話まで手が回るまい。

一緒に食おうと言われて大下の車の助手席に座ったが、レンゲがあまり動いていない。

「口に合わなかったですか」

「いや――ちょっと辛いけど」

しまった。考えが及ばなかった。

「すみません。自分の好み押し付けちゃって」

「いや、これくらいなら平気だよ」

のろのろと大下は弁解した。

「食欲がないだけだ。腹減ってないのに、昼だから何か腹に入れなきゃって思っちゃったんだな」

笑い方に力がない。

しかし、味の問題ばかりでないのも本当だろう。大下のごつい手の中でプラスチックのレンゲがひどく小さく見えた。

「奥さんの弁当がいいですよね」

「金はかからないわな」

外食に比べるとかなり安いとはいえ、何でも値上げの波をかぶってビニ弁も結構な値段になりつつある。

啓介と違って妻を養い、先々にわたるかもしれない医療費の心配までしなければならない大下としては、そこも気になって当然だ。

「よかったら、私が弁当作りましょうか」

不意に口をついた。

「たっちゃんが？」

大下はびっくりした声を出した。

「料理、よくするんだよな。このあいだ弁当持ってきてたのも知ってるがよ」

実を言うと啓介も驚いていた。

奥さんの味が出せるわけがなく、自分が弁当を作る意味は乏しい。世話焼きとして度が過ぎている。でなくても、人付き合いは水臭いくらいがちょうどいいというのが啓介の信条だ。

しかし、何かしなくてはいけない気がした。

大下には世話になった。

運転手になったばかりのころ、当然右も左も分からない。教習所に通って二種免許を取るところまで会社が面倒を見てくれるが、あとは簡単な講習だけで乗務に出される。

稼ぎ方は自分で覚えろというわけだ。

先輩に尋ねるのが手っ取り早いのはいうまでもない。しかし誰もが親切に教えてくれるわけではない。むしろ将来の商売敵とみなして自分の技を隠そうとする。

特に啓介に関しては、吹聴などしなかったのに元マーキュリーだという経歴が広まっており、ねたみなのかあからさまな反感をぶつけられることもあった。

中で大下は、「分かんねえことあったら何でも訊《き》きなよ」と言ってくれた救世主なのだ。

訊きなよ、どころか黙っていても「いいか、たっちゃん」と勝手に講義が始まる。

五分刈りのごましお頭で、昏の厚い顔はぱっと見いかついが、底抜けなほど親切だし、それ以上に教え好きなのだろう。

いつどこへ行けば客が拾えるか。このごろはアプリがメインだが、それを含め配車を効率よく受けるにはどうすればいいか。

遠距離客の見つけ方。客や同業他社とトラブルになった時の対処法。

口はばったいが、啓介も優秀な生徒だったと思う。

要領の良さならそこそこ自信がある。効果があると分かれば、地道に努力することは苦にならない。

啓介の成績は見る見る上がった。教える側もやりがいがあったはずだ。

いずれにしても、比較的短期間で啓介が一人前といえるレベルになれたのは大下のおかげである。菜央子に一番金のかかる時期に会社を潰《つぶ》した身として、大変ありがたかった。

その後、啓介が独自に編み出した仕事のスキルを大下に伝えるなど、折に触れてお返しをしているつもりだが、最初に受けた恩はでかい。

具合よく、大下とはシフトがほとんどかぶっている。

「いつもってわけにいかないですけど、私が弁当を作る時は大下さんの分も用意しますから」

しきりに遠慮するのを説き伏せて、受け取ってもらう約束をした。

国産縛り問題が発生する前も、家で作った料理を食べきれず弁当にすることはあった。

菜央子が高校を出るまで毎日作っていたのだから経験十分といっていい。

もっとも、自分の分と大下の分、それぞれ二食ずつとなるとなかなか大変だ。

ただでさえ朝が早いから、弁当用に一から十まで作る余裕はない。残り物に頼らざるを得ないが、昼用と夜用でおかずが同じになるのはプライドが許さない。

量、種類とも増やしたくて、何でも多めに作るようになった。

かつ弁当に向く料理が増えた。

コンビニのカレーやマーボー豆腐丼は容器がそれ用に作ってあるからいいが、一般的に汁気が多いものはよろしくない。

炒《いた》め物でも、材料によってとろみをつけるような工夫が必要になる。最も入れやすいのはフライや焼き物である。

腐らないようある程度味付けを濃くしないといけない。大下に食中毒を起こさせたら洒落《しゃれ》にならない。

結果、唐揚げやひと口カツ、味噌《みそ》漬けの魚といったメニューが家の食卓に高頻度で並ぶようになった。

「料理の傾向が変わったね」

菜央子に指摘された。

「そうか？　まあ、このあいだまで使えないものがあったからな」

打ち明けたって別に構わないけれど、流すメリットのない情報はなるべく流さないのが啓介の行動原則である。

「いや、その前とも何か違う感じ」

「特に変えてるつもりはないが」

「どう変わったかまで分からないんだけど」

「まずくなったか？」

「いや、そんなことない。美味《おい》しいよ」

違和感の正体まではたどり着いていないととりあえず安心した。

その晩のメニューはコロッケと鰆《さわら》の味噌漬け、春雨サラダだった。いずれもそのうち弁当に入れるつもりである。

「何だろうな」

しかし菜央子はまだ考えている。

「子供向きな感じ？」

「コロッケはフランス料理のクロケットが起源だ。大人も子供も関係ない」

「でも子供が好きな味だよ」

いささか筋違いな反論をしてしまったか。

「味噌漬けなんかどっちかっていうと大人の味だろう？」

「そうか、分かった」

大きな声が上がった。

「昔こういうの、よく作ってくれてたんだよ。だから懐かしい感じがするのかも」

一気に核心に迫られた。その通り、菜央子の弁当が必要だったころも同じようなことをしていた。

こうなったら、わざとぎりぎりまでネタばらしをしてしまう。隠したいことにこちらから踏み込むとは思うまい。

「昔多かったってのは、弁当に使いまわしが利いたからだろうな。言われてみれば俺も、久しぶりな気がしてたよ。一つ思い出して続けざまにってところがあったかもしれないな」

「なるほどねえ」

切り抜けたものの、用心しないといけない。

ただの残り物ならともかく、彩りを整えるための卵焼きやブロッコリー、ミニトマトなどを仕込んでいるのが見つかったら厄介だ。このあいだみたいに会社に保管しておくわけにもいかない。

ホイルに包んだ上で冷蔵庫の奥に突っ込み、さらに言い逃れようがない大下の弁当箱は啓介の部屋にいちいち運んだ。

早くゴールデンウィークになってもらいたい。

タクシー運転手は忙しくなるだけだが、菜央子が出かけてくれれば苦労が減る。

ただ今年の旅行先は、どういう風の吹き回しか国内らしい。コロナのあいだこそ大人しくしていたものの、明けたらまた外国にすっ飛んで行ったのに。

やはり円安のせいか。

外国中毒にブレーキをかけられる点ではプラスに働いているわけだ。

あらゆるものごとにはプラス、マイナスの両面がある。

これも啓介の持論である。実証されたことに関しては満足できた。

幸いにして、菜央子は気づかないまま旅立った。

弁当箱も堂々と流しに置いておける。

大下が使った弁当箱は、勤務が終わって営業所に引き上げてきた時に引き取ることになっていた。

「済まねえなあ」

毎回大下は頭を下げる。

律儀だから、油気をまったく感じないほどきれいに洗ってある。

「金、払わせてもらいたいんだけどなあ」

「とんでもない」

娘には今までもずいぶんな金と手間をかけてきた。稼げるようになったのだから頂くものは頂く。大下からは逆にたくさん貰《もら》っているのである。

「飯作るのは私の趣味みたいなものですから」

「かみさんよりよっぽど上手だよ」

「まったくとんでもないです」

大下の妻は、啓介が弁当を作ると申し出た次の日に手術を受けた。

経過は順調だが、まだしばらく入院が必要らしい。

「食べたいものとかないですか」

「たっちゃんが作ってくれるもんなら何でもうまいよ」

「人が聞いたら気持ち悪がられますね」

笑い合ったのだが、大下はふと真顔になって「今の時季になると懐かしいんだよな」とつぶやいた。

「何です？」

「俺、山形なんだけどさ」

それは知っている。鶴岡《つるおか》とか言っていたか。

「じいさんがさ、山菜取ってくるんだよ。タラノメとかワラビ、シドケとかさ」

「天然モノですね」

「そりゃそうだ。昔は天然しかなかったんだから」

「最近はシドケまで栽培してるみたいですよ」

「へえ、そうなんだ」

驚いた顔を大下は見せた。

「シドケ知ってるなんてさすがたっちゃんだな。出身、東京だろ？」

山菜の味を知ったのは、マーキュリーを辞めて立ち上げた会社の営業活動として、富山のイベント屋を尋ねた時だった。

本来接待する立場だったが、相手の地元ではあり連れていってもらった小料理屋でいろいろな山菜が出た。

美味《うま》いものだなと思い、その後、東京の郷土料理店で探したりしたものの、何しろ時期が一瞬なので果たせないままになっている。

もっとも今、メジャーな山菜は栽培モノがたくさん出回る。自分で料理をするようになってからも、フキノトウやタラノメをはじめちょくちょく買う。

一度、どこだったかの高級スーパーでシドケを見つけ、こんなのもあるんだとびっくりした。

「好きな人が増えたってことかねえ」

「美味いですもんね」

「子供の時はさ、嫌だったのよ」

大下は思い返すように言った。

「苦くてさ。何で大人はこんなの食うんだろうってね。あのほろ苦いのがいいんだって分かったのはずっと後になってからだな」

「酒に合いますよ」

「そうなんだ」

大下も酒好きである。

「田舎に帰りゃいいんだけど、俺たちゃ特に今ごろはな」

「何とか食べたいですね、天然モノ」

啓介のほうが興味を惹《ひ》かれてきた。

「栽培のシドケ、やっぱり物足りなかったですから」

「送ってもらおうか」

「頼めますか」

「じいさんも、親ももういねえから採ってきてってわけにいかねえけど。温泉で朝市やってんだよな。兄貴に言ってみるよ」

「道の駅にもあるんじゃないですか」

「そうだな」

話はとんとん進んだ。

弁当ではもったいない。せっかくだ。酒と一緒に楽しまなければ。

その朝、大下が鶴岡に電話をし、大下の兄もすぐ動いてくれて、次の公休前日に啓介の家で飲むことになった。


「娘は出かけてますから気楽にしてください」

玄関からリビングに入ってきた大下は「きれいにしてんなあ」と感心しきりだった。

「俺なんか、かみさん入院してからあっという間にゴミ屋敷だよ」

「大下さんが見えるから掃除したんですよ」

掃除したのは本当だが、普段も大きくは違わないレベルである。食べること同様、整頓《せいとん》や掃除にも啓介は妥協しない。

「今朝届いた」

大下が大きな紙袋をテーブルの上でひっくり返した。新聞紙にくるまれたものがどさどさ出てくる。

一つを開いた。

「これは？」

タンポポの葉に似ているが大きくて緑も濃い。ぎざぎざの先端にトゲがある。

「アザミだな」

「アザミって、ピンク色の花が咲くやつですよね。食べるんですか。っていうか山にも生えてるのか」

小学校の花壇に植わっていた記憶がある。

「俺には食いものでしかないな」

「トゲ、平気なんですか」

「茹《ゆ》でたら感じないよ。アザミはクセがなくて食べやすかった」

次の包みはタケノコだった。

タケノコといっても、指ほどの太さのやつだ。一般的には、細竹とか根曲がり竹とか呼ばれている。

「山形じゃ月山筍《ガッサンダケ》だな」

月山《がっさん》の近くに多いかららしい。鶴岡はそのふもとに当たる。

「熊にやられんのは、これ採ってる時が多いんだ。熊も好物らしくてさ」

「命がけじゃないですか」

最近も、山形かどうか憶《おぼ》えていないが、山菜取りの高齢者が襲われたニュースがあった。

「年寄りはそれくらいしか小遣い稼ぐ手がねえから、危ないって分かってても行くんだ」

ことの善悪はともかく、心して味わわなければいけない食材なのは間違いなさそうだ。

そしてシドケ。

茎の先にモミジに似た葉がついており、正式名称はモミジガサという。

新聞紙を開いた途端、ぷんと香りが広がって、土がついた葉を広げてみるより先にそれと気づいた。

「栽培モノとは比べ物にならないですね」

「香りでいうと一番きついかもしんないな」

「日本酒ですねえ」

ほかにもたくさんの種類がある。

早春に出るフキノトウはもう終わり、ミズにはまだ少し早いが、それ以外ほとんど揃うゴールデンウィークのころが、山菜のピークなのだ。

啓介はさっそく料理にとりかかった。宴会がセッティングされた直後から、料理法をネットで調べまくって考えていた。ノーマークだったアザミについては大下の話を参考にする。

アザミ、シドケ、アイコのそれぞれ半分をさっと茹で、一番味が分かりやすいお浸しを作る。

アイコは啓介もまったく初めてだった。

これにもトゲがある。アザミと違って全体がびっしり細かい棘で覆われている。しかも肌に刺さると痛痒《いたがゆ》くなるらしい。ゴム手袋をはめて用心しながら扱った。

皮が硬いため、茹でて冷水にとったあと剝《む》いてゆく。根本から先まで切れずにきれいに剝ける。

ネットで調べたところ、昔はこの繊維で布を織ったらしい。

「俺の子供のころだってそんなのやってなかったよ」と大下が言ったから、相当昔の話のようではある。

アイコの残り半分は、豚肉と炒《いた》めた。

アザミは味噌汁《みそしる》の実に。

お浸しと並ぶ山菜の定番的な料理が天ぷらで、シドケ、タラノメ、太い部分を酢味《すみ》噌《そ》がけにした残りのウドを使うことにする。

その気になればなんだって天ぷらになるのだけれど、啓介は山菜＝天ぷらの図式に懐疑的だった。

適していると言われるのは、揚げるとアクが消えるからだ。食べやすくなるのは間違いないが、苦味やえぐ味は山菜の魅力でもある。何より大事な香りが飛ぶ。油の力に伍《ご》するには、元が相当に強烈でなければならない。

富山での初体験後、まったく山菜を食べていないわけではない。山菜そばくらいならちょくちょく口にする。

ロシア産が多いらしいワラビの水煮を載せたようなのは論外として、ザルに天ぷらを添えるタイプもあった。群馬の山のほうで、時期も合っていたし天然と銘打っていたのは嘘でないだろう。

しかし、はっきり香りが分かったのはウドくらいで、あとはほとんど衣の味しかしない。天ぷらのために存在するかに思われているタラノメすらだめだった。

啓介の舌が鈍感なのかもしれないが、楽しめないのでは意味がない。

富山ではそれほど天ぷらが多くなかった記憶があるのも判断を後押しした。

今回のラインナップは、一つにはタラノメにリベンジさせる目的がある。

山形から届いたそれは普段見かけるものの四、五倍はありそうで、いかにも野生のエネルギーを感じさせた。

シドケも、最初に嗅《か》いだ香りの鮮やかさで、天ぷらで大丈夫と考えた。

シドケの一部は、身欠《みが》きニシンとの炊き合わせにした。これには月山筍も加える。

「何かしなくていいのか」

ソファに座らせた大下は手持無沙汰《てもちぶさた》そうである。

「まあ何もできんけど」

「テレビでも見ていてください」

プロ野球の中継を眺めていたが、身が入らないようで台所へのそのそやってきた。

「ああニシンね」

啓介の手元を覗《のぞ》き込んで深くうなずいている。

山菜採りには子供も時々つき合わされた。

持っていくのが身欠きニシンだそうだ。採った山菜をニシンと一緒に煮て飯のおかずにする。

「激シブですね」

「合うんだがよ、子供にゃありがたくないって分かるだろ」

大下には月山筍を剥いてもらうことにした。

丁寧にやらないと食べる部分まで折れてしまう。思ったより厄介な作業だったが、さすが大下は「思い出してきた」と言いながら綺麗《きれい》に剥いた。

最後に啓介はコシアブラを手にした。

ここ数年、栽培ものが出回るようになった人気上昇中の山菜である。

タラノメと同じく、そこそこ大きくなる木の新芽で分類的にも近いらしい。

ただ、ずんぐりむっくりしたタラノメとは見た目がかなり違う。伸びゆこうとする葉の柄が優雅なホウキ形を作り、花火が噴き出す瞬間のようでもある。

香りも、より爽《さわ》やかでシャープといえばいいか。

山菜の王様がタラノメ、女王はシドケなんて言われるらしいが、コシアブラにはプリンセスの優雅さが備わっているように思う。

一般的とされるのはやはり天ぷらで、はじめそのつもりだったけれど、もっといい食べ方がある気がして改めてレシピを検索した。

画像検索に切り替え、順に眺めていく中で一枚の写真が目に留まる。

美しい。

美しいものはきっと美味《おい》しい。

溢《あふ》れる情報から正しいものを選ぶのはセンスだ。こと食べ物については自信がある。

もう一度湯を沸かした。

米を炊くのも忘れないようにしなければ。

一時間後、二人は食卓に向かい合った。

いつも菜央子が座る場所に大下がいる。

「猫飼ってるって言ってなかったっけ」

「あれはむちゃくちゃに臆病《おくびょう》な人見知りなもんで」

大下が来る前まではソファで寝ていた。表で人の気配がし、菜央子がやっと帰ってきたかと勇んで迎えに行きかけたが、足音の違いなど聞き分けるのか、途中で身を翻して二階へ消えた。

以後まったく姿を見せない。

人間の食事に合わせてありつけるはずの煮干しにも釣られない。大下を恨んでいるだろう。

啓介はまず大下のグラスにビールを注ぎ、大下を制しながら自分のにも注いで持ち上げた。

「奥さんが早く退院されますことを祈念いたしまして」

「たっちゃん、きちんとしてるよなあ。育ちのいい人間は違うわ」

「とんでもない」

「とにかくありがとよ」

大下は小さく口をつけてから、皿や鉢が所狭しと並んだ食卓を見回して「ほんと、すげえなあ」としみじみつぶやいた。

「できる奴ってのは、何やらせたってできるもんだな」

「何言ってんですか」

「そうだろ？　俺にゃ逆立ちしたってこんな芸当無理だ。で、いい大学出て、マーキュリー行ってさ」

何とも返事が難しい。

「昔の話ですよ」

「やり直せないんかね、何とか」

「六十一ですよ、私」

言ってから、年上の大下に失礼だと気づき、慌てて「今、別に不満ないですよ」と付け足す。

それも上からな感じではないか。

いっそう悩んでしまったが大下は頓着《とんちゃく》なく、「起業とかできんじゃないの。だったらトシ関係ないじゃん」などと言う。

「それで私、大失敗したんですって」

「何回でもやるんだよ」

「無茶言わないでください」

「せめて再婚くらいしなよ」

思いがけない方向から来た。

「誰とですか」

「誰だっているだろ。車に履歴書張っといたらどうだ。この料理の写真も一緒にさ。お願いしますって客がいるんじゃねえか」

「いませんって。昔から料理や家事をしてたら、バツつきにはならずに済んだかも分かりませんが」

あー、と大下が肯定とも否定ともつかない声を出す。

「たっちゃん、趣味みたいなもんって言ってたけど、初めからそういうわけじゃないのか」

「違いますね」

「男にはやっぱり、恥ずかしかったよな」

そして「俺は今でも照れ臭い」と言った。

「たっちゃんはそこが偉いんだな」

「理屈で考えるようにしてるんです。誰かがやんなくちゃいけなくて、私がやるのがベストならそうする。シンプルな話です」

「まあな」

「合理的な結論だと納得できたら、私は気持ちを無視できます。娘より私のほうが時間があって、稼ぎは少ないんだからしょうがないってことです」

いつの間にか強い口調になって、大下は気圧《けお》されたみたいだった。

「でも趣味になったんだろ」

啓介も我に返る。

「素質はあったのかもしれませんがね」

どうせならほかのことに素質があってほしかったが。

「食べましょう。天ぷらが冷めちゃいます」

香りが残っているか。

不安も抱きながらかじりついたタラノメに言葉を失った。

残っているなんてものではない。口から鼻の中いっぱいに広がってくる、きつくはないが瑞々《みずみず》しい香り。

特大サイズのせいで、食感も明瞭《めいりょう》だ。繊維だけでない。ほくほくしている。養分が詰まっているからか。

シドケ、ウドの穂先は予想通りながら、まさに再会したかった味だと嬉《うれ》しさがこみあげた。

酢味噌《すみそ》がけにしたほうのウドで口直ししたあと、お浸しにとりかかる。

食べ比べることで違いがよく分かった。

アザミはトゲに似合わない穏やかな味わい。シドケは当然もっとはっきりしている。中間がアイコだ。皮を剥《む》くこともそうだが、ちょっとフキを思わせた。

アイコと豚肉の炒《いた》め物は、肉の脂と青臭さの対照が食欲をかきたてる。

対して、身欠《みが》きニシンと煮たシドケ、月山筍を特徴付けるのは、ニシンが仲立ちになった混然一体感ではないか。

プロの料理人ならばそれぞれの味を際立たせるよう、また汁を濁らせずきれいに仕上げるよう別々に煮るはずだけれど、面倒臭いし、元々家庭料理なんだろうと思っていっしょくたにした。それが吉と出た。

いい材料はたいてい、ダシも素晴らしいのである。

青菜やタケノコのような、ダシをとるイメージがないものからも成分は水に溶けだしてくる。

また、いいダシ同士はかけあわさって複雑な旨味を生む。鰹節と昆布がその代表なのは言うまでもない。

「しみじみするなあ」

大下が鼻声になったのでびっくりした。

「子供の時は嫌でしょうがなかったのに」

「味が分かるようになったんだからよかったじゃないですか」

大下はシドケと月山筍を一緒に口に放り込み、噛《か》みしめる。

「歳をとるのも悪いことばっかりじゃないわな」

皮を剝かなかった月山筍もあり、魚焼きのグリルでそのまま焼いたのだが、ほかの料理に夢中で忘れてしまい。焦げ臭さが立ち込めて慌てて取り出した。

一部真っ黒ではあるものの、火傷《やけど》しそうになりながら剝くと、つややかなクリーム色の中身が湯気といっしょに顔を見せた。

先月食べたホワイトアスパラを連想する。豊潤さはフランスのアスパラが勝るが、こちらには凜《りん》とした気品がある。

「何もつけなくてもいけますよ」

甘味と、艶《なま》めかしさを含んだミルクのような匂い。それらがコリコリした食感の中から滲《にじ》んでくる意外さ。

「熊だって食いたくなるの当然だよな」

味付けなしに飽きてきたところで、塩、醬油、マヨネーズなどいろいろ試す。

塩が一番素材の味を邪魔しないかと思ったら、意外にマヨネーズがいけた。

甘さが引き立つのは同じだけれど、柔らかい甘さになる。七味を混ぜるのも面白かった。

ビールのあとは当然のように日本酒に移行している。

家にあった静岡の酒を飲んでいたが、「試してみてよ」と言われ、お持たせの一升瓶を開けた。

当然庄内《しょうない》の酒で、有名銘柄なので啓介も以前に飲んだことがある。超辛口の火入れ酒だが、フレッシュな香りにも欠けていない。

改めて飲むと記憶にある以上に生き生きした味に思えた。

同じ土地の食べ物と合わせるのが一番、などという話は根拠が薄いと思う啓介だけれど、酒が喜んでいるみたいな感じが確かにするのである。

飲むほうのテンションが上がっている影響も大きいだろうが。

いずれにせよ、ずいぶん飲んでしまった。

「公休の前にしといてよかったですね」

「まったくだよ」

大下も赤鬼みたいになっていた。節分の鬼の一件が思い出されたが、また憤らせてしまいそうだから触れないでおく。

そろそろ締めだ。米も炊きあがっている。

茹《ゆ》でておいたコシアブラを刻み、ご飯とともにボウルに入れた。オリーブオイルとふたつまみほどの塩を加えて混ぜる。

白く輝くご飯の海にばらまかれた明るい緑の破片が目にしみた。

アザミの味噌汁《みそしる》と一緒に食卓に運ぶ。

腹も一杯そうだった大下だが、飯茶碗《めしぢゃわん》を目にして箸《はし》を取らずにいられなかった。

最初は味わいを確かめるみたいに何度も嚙みしめていたが、次第にひと口が大きくなり、ついには残りを一気に搔《か》き込んだ。

「これは食ったことなかったな」

「昔はオリーブオイルがなかったですもんね」

「いくらでもいけるな」

白飯は一緒に食べるものの味を引き立てるキャンバスの働きをする。コシアブラの個性はその上で最高度に発揮された。

茶を飲んで少し酔いの醒《さ》めた大下が、「そろそろ失礼しなきゃな」と立ち上がった。

「ご馳走《ちそう》さん。堪能《たんのう》したわ」

「こちらこそ。貴重なものを食べさせてもらいました。勉強にもなりました」

実は一種類、手をつけないままだった山菜があった。

ワラビはひと晩あく抜きしてからでないと使えない。

大下には思いもよらないことだった。

「かみさんもたまに出すけど、そんなに面倒臭いと思ってなかったわ」

栽培が一般化している山菜の一つだが、あく抜きが必要なのは変わらない。

処理して次の乗務日に持っていこうと啓介は提案した。

「めんつゆを薄めてかけるだけでお浸しになりますから」

「いや、自分でやってみるわ」

あく抜きのやり方を教えてほしいと頼まれた。

「加減がちょっと難しいですよ」

バットにワラビを並べ、重曹と湯をかけて放置するだけだが、湯が少ないとすぐに冷めて硬さが残る。

啓介も失敗し、次は鍋《なべ》で煮たらぐずぐずに溶けてしまった。たくさん湯を入れられるようバットを深くしたところ、重曹が薄まってアクが抜けきらなかったりと、塩梅《あんばい》が微妙なのである。

「いいよ。やってみなきゃいつまでもできないままだから」

言い張るので、重曹をつけて半分返した。半分は啓介がもらった。残った料理も、半分ずつ分けた。

翌々日の朝、営業所で会った大下は啓介を見るなり「退院の日、決まったわ」と言った。

「おめでとうございます」

「たっちゃんとこで山菜を料理してもらって飲んだって言ったら、えらく羨《うらや》ましがられてよ」

「退院されてからにしたらよかったですかね」

「そう言われた。でもいつになるか分かんなかったし、山菜、終わっちゃうかもしんなかったからなあ」

持ち帰った料理を食べさせるつもりもあったらしいが、差し入れ禁止なのに気づいたという。

「うまいもの食うのが一番力つくと思うんだがなあ」

「そういう時代じゃないんですよ。栄養管理きっちりやってるから」

ワラビはどうなったかと訊《たず》ねると、頭を掻いた。

「ばっちりとはいかなかったな。ちょっとえぐかった。また挑戦するわ」

そして大下は、「ほかの料理も教えてもらっていいか？」と付け足した。

「いいですよ。いつでも言ってください」

その日も弁当を渡したが、妻の退院は明後日《あさって》ということで、次はもうないのだと思うと、ほっとするとともに寂しい気がした。

菜央子の弁当を作らなくてよくなった時には、解放されたと思っただけだったのに。

もちろん、大下より大事でないわけはない。十年近く歳をとった自分の変化だろう。

その菜央子は、連休の最終日、明け番だった啓介がそろそろ寝ようとしていた時に帰ってきた。

一週間を超した不在に耐えていたドットが大騒ぎしたのは言うまでもない。啓介も、翌日の仕事は気になりながら、少し付き合ってやることにした。

「はいお土産」

手渡されたのは出雲《いずも》大社のお守りだ。

「俺は無神論者なんだがな」

「難しく考えることないでしょ。日本の文化、風習よ」

「こういうの、捨てるわけにもいかないし邪魔なんだよ」

娘にはどうも言葉がきつくなってしまう。啓介のために買ってくれたのだから、素直に礼を言えばいいと思うのに、口が勝手に動く。

喧嘩《けんか》のタネになりかねないところだったが、今日の菜央子は笑って受け流した。

ずいぶん上機嫌だ。

「よかったわー、出雲大社」

「何がよかったんだ」

「例の注連縄《しめなわ》、ほんとに太かったなー。びっくりしちゃった」

啓介もいつだったか一度行ったが、富山の山菜ほどには憶《おぼ》えていない。

「この世じゃない雰囲気があるのよね。天に通じてるっていうか」

「記紀神話に影響されてるだけだろ」

「出雲以外も素敵だったよ。松江《まつえ》の街並みとかさ、松江城のお堀を遊覧船で行くのも風情あったし」

「銀山《ぎんざん》は見てきたのか」

「もちろん。あと足立《あだち》美術館ね。玉造《たまつくり》温泉も」

県内の主だった観光地は軒並み回ったようだ。

一人旅と言っていた。嘘ではなかろうと思っている。

「円安でしょうがなくだとしても、日本のいいところが分かったのは収穫だったな」

「ほんとだわ。でも、インバウンドまだまだなのよね。観光資源でいうと東京や京都にひけをとらないって確認できたんだけど」

これには鼻白まずにいられなかった。

国産食材縛りをやめたからといって、啓介が外国人嫌いでなくなったなんて思っているわけではあるまい。

正面切って議論を挑んでくるなら受けて立つ。

しかし彼女は、父親が前にいることなど忘れたようにしれっと口にした。敬意を欠いた行為と言わざるを得ない。

菜央子はさらに続けた。本当に独り言みたいだ。

「足立美術館の庭とかさ、マジで日本一かも。欧米系にはむちゃくちゃ受けると思うんだけどなあ」

そこでやっと、啓介の表情に気づいたらしい。

「あ、別に私的にはどうでもいいんだけど。地元からするとインバウンド来てくれたら潤うな、なんて思ってるんじゃないかと」

今度は一生懸命弁解を始める。

「そんなので少々儲《もう》かっても、失うもののほうが多いと俺は思ってるんだ。いつも言ってることだが」

「分かってるよ」

菜央子は場をつくろうように「ビール貰《もら》うね」と立ち上がった。

「パパは？」

「明日《あした》仕事だ。飯がいらないからって予定見てなかったのか？」

歯を磨こうと啓介も立ち上がりかけたが、冷蔵庫のドアに手をかけた菜央子を目にしてはっとした。

弁当用にとっておいたハンバーグが残ったままだったのを思い出したのだ。

タッパーの中だが、このところ菜央子がいなかったのでホイルには包まなかった。

ビールを取りにいったのだからほかには目もくれないのが普通、というのは菜央子に当てはまらない。意識的にか無意識か、冷蔵庫の中はいつもしっかりチェックしている。

案の定だった。

菜央子はなかなかドアを閉めない。

そしてまさにそのタッパーを片手にこちらを向いた。

「これハンバーグだよね」

ああ、となるべく落ち着かせた声で答える。

「ハンバーグを食いたくなったんだ。ハンバーグってのはハンブルグステーキだからな。別に子供向けってわけじゃない」

「それはいいけどさ、どうしてこんなに小さく作ってるの？」

もうあとが出てこなかった。

菜央子は推理を進める。

「そういえばこのあいだから妙な感じあったわよね。やっぱりお弁当作ってるんだ」

「もう終わった」

観念して白状した。

「でも作ってたんだ。どうして？」

娘は容赦なくもある。

「コンビニ、別に嫌いじゃなかったでしょ。お金に困ってるの？」

「違うって」

結局、事情から説明させられる羽目になった。とぼけたり嘘をついたりするのは苦手なのである。

嘘をつけばかならず矛盾が生まれる。矛盾に耐えられずしどろもどろになる。それを避けようとすれば、何もしゃべれなくなる。

菜央子はにやにやしている。

「パパ、ほんとはいい人なんだもんねえ」

「絶対そんなことない」

力を込めた。

「大下さんはな、話したことあると思うが恩義のある人なんだ。お前がこうしていられるのだって、大下さんあってなんだぞ」

「はいはい」

「何だその適当な返事は」

睨《にら》みつけてやる。

「俺はな、義理に篤《あつ》いんだ。しかし人情はない」

「義理と人情、どう違うのよ」

「全然違う」

　ここぞと啓介は言った。

「並べて言うからひとくくりにされちまってるがな、どっちかというと対立概念だ。義理ってのは理屈なんだ。恩を受けたからその分返す。決めたことだから守る。しかし人情は、理屈に逆らう。ばっさり切り捨てなきゃいけないところを見逃したり、やらなくてもいいことを進んでやったり」

「やってあげたんでしょ？」

「やらなくちゃいけないことだったからだ」

　また菜央子がにやついた。

「はいはい」

「馬鹿にしてるだろ」

「してないってば。あ、そうだ。冷蔵庫にお浸しみたいなのもあったけど、おつまみにちょっと頂くね」

　それも見つけていたか。ダメというわけにもいかない。

「随分種類があるね。ワラビ？　こっちの何？」

「全部山菜だ。天然もの。大下さんがくれた」

一つずつ解説するのを菜央子は目を輝かせて聞いている。

「お浸しだけ？　ほか作らなかったの？」

まったく、食べ物に関しては恐ろしいような勘だ。

「いいなー。その宴会、私も参加したかったな」

「大下さんのためにやったんだぞ」

「でもパパだって美味《おい》しい目にあったんでしょ」

「それはそうだが」

「もう一回、山菜送ってもらえないのかな」

「馬鹿言うな」

けれど啓介は内心、その手もあると思い始めていた。

問題は山菜がいつまで採れるかだが、もうしばらくは大丈夫ではないか。このあいだなかった種類も入るかもしれない。

「と思ったが、一応訊《き》いてみるか」

「ほんと？　やった」

「お前のためじゃないぞ。大下さんの奥さんも食べたがってたっていうからだ」

「退院したばっかで来てもらうのは気がひけるわね。こっちから行って料理してあげたらいいんじゃない」

「お前は何をするんだ」

「いつも父がお世話になってますって、お礼言うのよ」

シドケを口に入れたまま菜央子は続けた。

「大事なことでしょ？」

# 山形の山菜たち

# 第六話　ハモのうおぞうめん

窓から裏の駐車場が見える。

今日も雨だ。駐車場のあちこちに水たまりができている。もうすぐ梅雨入りの発表がありそうだ。

道行く人は傘を差し、その脇を、ポンチョを着たママチャリの女性が追い越してゆく。後ろに子供を乗せているのだろう、ビニールが被《かぶ》せてある。

勤務明けの昼下がり、自分の部屋で机に向かっていた立原啓介は視線をパソコンに戻した。

キーボードの上で指を動かし始めたが、三行書いて止まる。

しばらく考えて三行をそっくり消去し、また書き始める。

何度か繰り返したところで、限界が来た。

頭の中に煙が立ち込めている。視界ゼロだ。

油切れを起こした脳細胞に無理な力を加え続けた結果、焼き付いてしまったのだろう。

インターバルを置くしかない。

真っ昼間だが布団に潜り込む。万年床にしているのには、こういう場合に都合がいいという理由もあるのだ。

面白いほどあっさり眠りに落ちたが、寝不足というわけではないので小一時間で目が覚めた。

もう一度机に向かう。

書くべきことが浮かんだかに思えたのはしかし一瞬だった。というより錯覚に過ぎなかった。

仕切り直すか。

今書いているのは〈液晶の帝国《ていこく》（仮題　3稿）〉である。やっと八ページ目に入ったところだ。

デスクトップ上にある〈小説〉のフォルダには初稿、2稿が仕舞ってある。

3稿もここに放り込んで新たに4稿を起こすべきかどうか、啓介は考えている。

〈小説〉にはほかのタイトルの書きかけもたくさんある。ものによっては10稿以上作った。しかし一番長く進められたので十二ページちょっとだ。

完成品は存在しない。

「終」とか「了」とか、原稿の最後に書き込める日は来るのだろうか。

究極の目標はもちろん、本を上梓《じょうし》して小説家の肩書を手に入れることだが、大前提たるステップのはるか手前で足踏みが続いている。

仕事なら雨の日は楽にことが運ぶ。

朝から切れ目なく配車が入ってくる。途切れても、駅やビジネス街へ行けばすぐ客にありつける。

雨でなくても、真面目にやればそれなりの売り上げを作れる。裏切られることは滅多にない。

目標に近づくには、運転手なんかすっぱり辞めて執筆活動に専念するべきかもしれない。

辞めないまでもシフトを減らせばいい。

しかしそれで成功する保証などどこにもない。正直、きっとダメだろうという予感しかない。

経済的に困窮するのも目に見えている。

一時期、菜央子のこと以外一切の贅沢《ぜいたく》を断って暮らしていたけれど、多少の蓄えまでできた今、もう一度は耐えられない自覚がある。楽しみが欲しい。でないと生きている意味がない。

菜央子に養ってもらえば問題ないだろうが、死んだって嫌だ。

煮え切らない自分にうんざりする。

山本一力《やまもといちりき》先生は、借金返済のために小説を書き始めたらしい。見事文学賞を取ってデビュー、売れっ子になった。

起業した会社が危なくなった時、会社を畳むなんて安直な道に走らず、背水の陣で勝負に打って出れば違った展開があったかもしれない。

いや、あのころにもし戻れても、同じ行動をとるだろう。不渡りを出しすらしない、その手前で引き返す堅実志向、悪く言うと怖がりだ。

一度だけタガが外れてマーキュリーを退社したけれど、失敗してからはひたすら守りを固めている気がする。

手にしているものを放すのが怖い。

小説にかける時間やエネルギーを増やすためなら、飯作りで少し手を抜くだけでも違うはずだが、それすらできない。

飲み食いすること、それに劣らず、自分で飲み食いの準備をすることまで楽しくてしょうがないからだ。かけた手間が必ず報われる安心感はタクシーの仕事以上だ。

そのあいだはうじうじした悩みなど忘れている。料理に限らない、家事全般の効用だと思う。

これで満足できるなら、何の問題もなくなるのに――。

ともかく今日はおしまいにしよう。

買い物に行かない選択はやはりない。

寝間着のままだった啓介は、パソコンを閉じて着替えを始めた。


TABIからの帰りの電車の中、インスタにメッセージが入っているのに気がついて、画面を開いた菜央子は送り主の名前を見てぎょっとした。

どうして分かったんだろう、というのが真っ先に考えたことだ。

実名のアカウントではない。

しかしローマ字書きにしたのをちょっと縮めただけだから、見当をつけて検索すれば引っかかるかもしれない。

石神井公園の写真などたまに上げるのが同定の材料になったか。

いずれにしても、菜央子でない可能性は認識しながらメッセージを送ってくる強引さがあの人らしいといえばらしい。

〈なおちゃん。

これなおちゃんよね。

久しぶり。元気にしていますか。

なおちゃんのことだから大丈夫だと思うけれど、長いこと顔を見ていないとやっぱりいろいろ心配になってしまいます。

一度会えないかしら。

都合のいい日時をいくつか教えてください。井上紀美子《いのうえきみこ》〉

過去の経緯などなかったかのような文面、そして今の姓を堂々と書いてくるところも。

もっとも、家に電話したり、手紙を寄こしたりするのは避けたのだろうから、啓介に一応の気兼ねはあるようだ。あるいはただの嫌悪感だろうか。

紀美子は菜央子の母親だ。

啓介と離婚したのは菜央子が十四歳の時で、しばらくして、勤めていたファイナンシャルプランナー事務所の社長と再婚した。

当初は年に一、二回面会していたが、菜央子の大学卒業を機に途絶えた。

それまで会うたび、啓介の元を離れて一緒に住むことを持ちかけられ、断り続けてきた。

卒業の報告と一緒に、もうその話はしないでと言ったら、面会の日程を調整する弁護士からの連絡自体、来なくなってしまったのだ。

いろいろな援助は涙が出るほどありがたく、いつか返さなければいけないと考えている。

しかし向こうの経済力からすればどうでもいいだろう。どうしても取り戻せないと分かって、娘への執着がなくなったのかもしれない。

もちろん懐かしさと共に思い出すことはある。けれど時間が過ぎるにつれて、距離感が大きくなっていくのも事実だった。

なのに突然こんな形で、直接会いたいと言ってくるなんて。

見なかったことにしようかと思ったが、考え直した。

〈しばらく時間が取れそうにありません。余裕ができたらこちらから連絡します〉

といったん打ち込んだのも消去して書き直した。

〈申し訳ないけれど、お目にかかる理由が見つかりません。この先機会があるかもしれませんが、私としては今である必要を感じていないのです。気を悪くしたならごめんなさい〉

誠実に答えてこちらの思いを分かってもらおうとしたのだけれど、望み通りにはならなかった。

予想できたことだったかもしれない。

〈そんなこと言わないで。このところ私、あなたのことが気になりだしてあんまり寝られないのよ〉

〈元気だから心配しないで〉

〈ほんとにちょっと、顔見せてくれるだけでいいから。どこへでも行くわ〉

というようなやりとりが続いて、結局根負けした。

時間を区切りたかったから、平日の昼休みに銀座でランチと言ったら、紀美子は即座に次の月曜日を希望した。店も向こうが選んだ。

グーグルマップを使うまでもなかった。有名なファッションビルの最上階だったからだ。その店もかなり有名らしい。

紀美子は先に着いて待っていた。モダンだけれども豪奢《ごうしゃ》な、革をふんだんに使った店の椅子がよく似合った。

着ているものは、真っ白なスーツに鮮やかな水色のカットソーだ。

大昔のママはこういう格好をする人じゃなかったな、と考える。

街の風景に紛れ込んでしまうような服ばかりだった。そうじゃなくなったのはいつからか。

毎晩帰りの遅いパパに不満をぶつけることをやめ、自分で働きだしたころに始まった変化だ。

パートの事務員だったのが、資格を取って正社員になり、社長に気に入られて大きく、華やかな仕事を任せられていった。

とうとう事務所の看板といえる存在になっていくあいだに、服も前とすっかり違ってしまったのだ。

菜央子もその日はきちんとしたパンツにブラウスを合わせてきた。

そうして本当によかった。いつものユニクロだったらいたたまれない思いをしただろう。

菜央子を見つけた紀美子は片手を挙げて微笑みかけてきた。昨日も会ってたみたいだった。

メッセージであれだけ食い下がられたのとギャップがあってとまどう。

「大人っぽくなったわね」

「大人だもの。結構前から」

「会社、変わったのね」

やっぱり前の職場にも問い合わせてたんだ。

そう、とだけ答えて後は黙ってたら、すぐ「何の会社」と質問が飛んできた。

「インバウンド支援」

「コンサル？」

「そういうのもやってるけど私は違うかな。今のところ」

「どういうのをなおちゃんはやってるの」

てきぱきと、TABIでの仕事内容を訊《き》き出される。

「よかったじゃない。そういうのやりたかったんでしょ」

「まあね」

この人から言われると値打ちがあやふやになった気がして、確認するみたいに続けた。

「インターナショナルはもちろん憧《あこが》れだったんだけど、日本のこともいろいろ勉強できるの」

「なるほどね」

「今まで全然知らなかったなあと思って」

このあいだ自己研修のつもりで行った旅行の話をした。

もっとも紀美子は時々うなずくくらいでどこまで身を入れて聞いているのか今一つ分からない。

向こうの近況はだいたい把握できていた。

ずっとチェックしているわけではないけれど、ワイドショーのマネー相談コーナーを続けているはずだ。

こちらは時々でも顔を見るから、年齢の進行を意識しないのかもしれない。あるいは顔をカメラにさらしていると老けないのか。

いずれにしても変わらず順調ということなのだろう。

「パパのことは訊かないの？」

離婚が成立してから二人が会ったことはない。

ただ、啓介が運転手になったことは、菜央子のほうから言わなかったのに、いつの間にか知られていた。

「あなたの転職、すんなり認めたの？」

「まだ言えてない」

大笑いした紀美子に、菜央子は表情を引き締めて「パパ、すごく頑張ってるよ」と遮るように言った。

啓介の話はそれでおしまいになった。

出てきた料理は最高級クラスだった。

傷も曇りもない、紀美子のスーツみたいに真っ白な皿に、花を活《い》けたみたいなきれいな盛り付けで、次々料理が出てきた。

当然味も素晴らしい。洗練されているとはこういうことかと思う。

いくらだろう。

ランチなら八千円くらいで済むのかな。

だったらアリだな。原価率がどれくらいか分からないけれど、啓介が買い出しや料理にかけている手間のほうが割に合っていないかもしれない。

「急に私のことが気になったって、訳はなかったの？」

「親だもの。気になるの当たり前でしょ」

そう言われるだろうと予想していたから、軽くうなずいただけで食べ続けていたら、向こうもナイフとフォークを使いながら「このあいだ人間ドックやったらさ」とつぶやいた。

「大腸がんの疑いっていうのが出たの」

手と口を止めないわけにいかない。

「精密検査になってね。食事中こんな話で悪いけど内視鏡やったの」

紀美子は切り取った魚の一片をゆっくり咀嚼《そしやく》した。頬の筋肉が緊張と弛緩《しかん》を繰り返すのをじっと見つめる。

「結局何でもないってことになったんだけど、いつ何があるか分かんない歳だな、とは思った」

「とりあえずよかったわね」

「とりあえずはね」

後は特段話も弾まないままコースが進んだ。

「一時までに戻んなきゃいけないんだよね」

紀美子がつぶやき、ウェイターにデザートを急いで持ってくるよう頼んだ。

TABIでは昼休みの時間も特に決まっていない。

本当を言えば半分くらいリモートにしたって構わない。啓介に転職を告げられていないせいもあって家を出てくるだけだ。

しかし菜央子は目の前に置かれたデザートをさっさと片付け、コーヒーも飲み干した。

「ご馳走《ちそう》になっとくのでいいのかな」

「もちろんよ」

ゴールドカードで支払いを済ませた紀美子の後に続き、ウェイターに見送られて店を出る。

エレベーターは二人きりだった。

「困ったことがあったらいつでも言いなさいよ」

返事をしないでいたら、紀美子は「自分のことだけ考えなさい」と付け加えた。途中で人が乗ってきて、会話はおしまいになった。

一階で開いたドアの向こうに花屋が見えた。

「ママ、ちょっと待ってて」

菜央子は花屋へ入っていった。カーネーションはまだあった。五月にしか売っていないわけではない。

定番の赤や白のほか、昔は見なかった渋い色合い、それらが一つの花に混在するものなども並ぶ中で、淡い黄緑を選んだ。クールな感じが気に入った。

花束を持って紀美子のところへ引き返す。

「私にも、ママがママなのはいつまでも変わらないわ」

手渡してそう言った。

「ありがと」

「でも、自分のことだけ考えるってわけにはいかない。分かってもらえると思うけど。自分のことしか考えない娘なんか、ママだって嫌でしょ？」

しばしの沈黙のあと、紀美子は「分かったわ」と言った。

「連絡するのは、本当に特別な時だけにする」

「今日くらいの理由なら大丈夫よ」

「ありがと」

紀美子は繰り返した。そして二人は手を振り合って別れた。

啓介は夕食のあとにたいてい果物を出す。

時季のビワはぷっくり膨れ、皮を剝《む》くと汁をしたたらせた。

手をべとべとにしながらしゃぶりつく快感に目を細めていると、先に食べ終えていた菜央子が話しかけてきた。

「パパ、欲しいものってある？」

「どうしてそんなこと訊くんだ？」

「もうじき父の日でしょ」

背中がぞわっとした。

「そんなもの、やらなくていい。気持ち悪い。いつもだってやってないだろ」

「子供の時、肩たたきとかしてあげてたと思うんだけど」

「肩たたき？　なるほど、俺はえらく前から肩たたかれてたんだ。ダメージが蓄積してたってわけか」

「やめてよね、いちいち絡むの。子供なんだから純粋な気持ちだったに決まってるでしょ」

菜央子は顔をしかめている。冗談の通じない奴だ。

それはともかく、父の日的なイベントが嫌いなのは本当だ。プレゼントのやりとりなんてものは基本的に無駄である。

菜央子の誕生日には、こちらも思惑があったから高級なメシを作ってやったけれど――。

「あれのお返しってことか？」

「お誕生日はお誕生日でお祝いしたいけれど、私、父の日をやりたくなったの」

「下心があるのか？　逆さにして振ったって何も出ないぞ」

「またひねくれる」

「いらんつったらいらん」

「そんなこと言わないでさ。欲しいもの言ってみてよ」

「じゃあ優越感」

「ユーエッカン？」

今度はきょとんとしている。

「ゆ・う・え・つ・か・ん」

「優越感がどうしたの」

「欲しいものだ」

菜央子が言葉を失ったのは呆《あき》れたからだろう。

「『勝った』って思う瞬間ほど気持ちいいものないぞ」

「マウンティングじゃん」

「ぶったたかれても揶揄《やゆ》されても、マウンティングする奴はいなくならないよな。人間の本能なんだよ。いや、本家はサルだし、ほかの動物でもよく見られる行動のはずだ。生き物の根本的な欲望だ。否定するほうが自然に逆らってるんだ」

「かもしんないけど——そんなものあげようがないでしょ」

「だから欲しいんだ」

　無視された。

「夏の服は？　アロハシャツとか好きでしょ」

「もうたくさん持ってる。だからって新しいのを買わないわけじゃないが、自分で選ぶ」

「じゃあお酒か」

「服と同じだ。何を飲むか、自分で決める」

「銘柄を言ってくれれば」

「だったら金もらうのと一緒だろ。困ってるように見えるのか？」

「そういうわけじゃないけど」

　とうとう黙り込んでしまった。

　しょげているようでもある。親父のあまりのひねくれぶりが情けなくなったのかもしれない。

　気の毒だが俺はそういう人間なのだ。諦《あきら》めろ。

　しかし今日の菜央子はしつこかった。

「じゃあ何かご馳走させて」

「よっぽど借りがあるように思ってるんだな。金をもらってんだからいいんだ」

「私の気持ちが済まないの」

その時、ふと思いついた。

「分かったよ」と言ってやる。

菜央子はガッツポーズを作った。

「いいとこ調べて予約するね」

行きたい店があるのか、という質問はなかった。また妙なことを言い出されると心配したのかもしれない。

しかし啓介は相手の思い通りになどさせてやらない。

「お前に作ってもらいたい」

「へ？」

「たまには娘の手料理を食ってみたい、オヤジ心だよ」

正確には食ってみたいというより、どれくらいできるのか観察したい、できないならからかってやりたいという、あまり親らしくない心である。

「俺も見ててやるから」

「それなら頑張ってみるけど――父の日って感じしなくない？」

「不味《まず》いものは食いたくないんだ」

これは本音である。

「ひどーい」

抗議の声を上げながら菜央子は「しょうがないか」と手を打つ意思を示した。

「じゃ、せめて材料はいいの使わなきゃ。それくらい希望を言ってよ」

「ハモがいいな」

啓介は即答した。ちょっと前から考えていたのだ。

「そろそろ時季だ。梅雨の水を飲んで旨《うま》くなるってくらいだから」

このごろでこそかなり普通になってきたが、ハモも元来東京では滅多に見ない魚だった。

しかし啓介は子供のころから知っている。父親の転勤で大阪にいたからだ。

小学校の前半くらいまでだったので正確なところはよく分からないけれど、むちゃくちゃに高級なものではなく、家でもおかずとして出てきた。

ハモといえば、さっと湯がいて刺身のように食べる「落とし」が代表料理と思われている。

落としもなくはなかったが、一番多かったのがフライだ。タレを塗って焼いたり、それを棒寿司にしたものは商店街で売っていた。

「ハモね。美味《おい》しいね」

菜央子だって味は分かっている。啓介が食べさせているし、外で口にする機会もあっておかしくない。

ただな、と啓介は首を振る。

「エルマートでもちょくちょく売ってるけど、ほんとに美味《うま》いのには当たらないな」

「そうなの？」

「料亭とかは別にして、いいのは関西で使っちまうのかもしれない」

「じゃあ産直で取り寄せてみよっか」

このところ取り寄せづいていたので思いついたか。一応手に入るだけに今まで啓介にはなかった発想だが、悪くないかもしれない。

「やってみてくれよ。本場っていややっぱり瀬戸内だろうな」

「分かった」

話はまとまったのだが、調べると第三日曜は勤務だった。翌日も休み前ではなかったので結局三日後にまで延ばした。

当日が無理と分かっていてどうしてと、啓介には菜央子のしつこさが改めて奇妙に思えた。

昨今の若者らしいのからしくないのか、これまではあまり頓着《とんちゃく》する印象がなかったのに、四月の誕生日に続いて父の日だなんて、どうしたのか。

母親は記念日好きの女だったが。

久々に元妻のことを思い出した。

多分、普段は無意識に、思い出さないよう努めているのである。思い出せば腹が立つ。

別れるに至った経緯については、自分にまるで非がないわけでないと理解しているけれど、その後それぞれが辿《たど》った道筋は対照的で、感情をささくれ立たさずにおかない。

なので早々に振り払った。

まったくもって菜央子が自分についてきてくれたのは驚きだったし、ありがたいことだった。

母親に似てきたなんて、冗談にでも考えたくない。

その日、いつものように昼少し前に起きてきた啓介だが、その時は父の日の件をすっかり忘れていて、階段を下りたら菜央子がリビングにいたのではっとした。

今日は休みを取ると言っていたのだ。

「おはよう、パパ」

うっす、と返事をしながら、体操できないじゃないかと声に出さず文句を言う。ああいうあられもない動きを人前で平気でできる神経が分からないと啓介は思っている。

こういう事態に備えて、録画をパソコンに入れてある。いずれ自分の部屋でやろう。今日は買い物に行く必要もないはずだ。

「もう届いてるよ」

「おう」

ハモのことである。菜央子が冷蔵庫に歩み寄るのに啓介も続く。

流しの横に置かれた発泡スチロールのトロ箱に入ってきたらしい。〈播磨《はりま》灘《なだ》産〉とラベルに書かれていた。産地としては申し分ない。

どんなハモか。結構わくわくしてきた。

菜央子が手をかけたのは一番下の野菜室だった。中から青いポリ袋を取り出す。

「でかいな」

「そう。上には収まらなくて。二匹買ったから」

「二匹？」

「足らないといけないからさ。あ、活締《いけじ》めってやつにしたからね。それでよかったでしょ」

袋を開けて中を覗《のぞ》き込んだ菜央子が「うわ」とたじろいだ声を出す。

「パパ、お願い」

「魚触れなくて料理できるか」

菜央子がこわごわ突っ込んだ手を抜くと、かっと大きな口を開いた顔が見えた。続いて銀色に光るウナギのような魚体がずるずる引き出される。

「うわっ」

今度は啓介が思わず叫んでしまった。

「パパだってだめじゃん」

「違う」

二匹とも、でっぷり太った最上級のハモなのは間違いない。首の後ろにしっかり切り込みが入っている。活締めの証《あかし》だ。鮮度的にも申し分ないだろう。

しかしそこまでである。

「骨切りどうすんだよ」

「骨切りって？」

ハモは身全体に小骨が入りこんでいるので、細かい包丁を入れてそれを断ち切る。でないととても食べられない。

「落としでも、花が開いたみたいになってるだろ」

「最初からああじゃないんだ」

そんな都合のいい魚がいるか。

「指定したら骨切りしてくれたと思うんだがな」

「あー、二種類あったんだけど、『活締め』のほうが安かったから」

「それは『活締めだけ』ってことだ、きっと」

「うちで骨切り、やればいいいんでしょ」

あっさり言ってくれる。

骨切りは、魚の下処理で最も難しいものの一つとされる。

だからハモは、プロが骨切りをしたものを売るのが普通なのだ。関西以外では技術のある職人が少なく、このごろよく見かけるのは機械でできるようになったからという説もある。

「俺もやったことない」

「え、そうなの」

ここにきて菜央子も事態の重大性に気づいたらしい。

しかしあくまで楽天的だ。

「パパだったらできるよ、きっと」

できるできないはともかく、やるしかない。

しまった。
菜央子の腕がいかほどか肴《さかな》にするつもりだったのに、自分が試されるはめになって
体操どころではない。
まず昼飯を、などと思っていたのも吹っ飛んで、備蓄してあったカップ麺《めん》で菜央子
とともに腹ごしらえを済ませる。
骨切りの前に、開かなければいけないが、長い魚はこれまた一筋縄でいかない。ウ
ナギで「串《くし》打ち三年裂き八年」と言われるくらいだ。
知り合いが釣ったアナゴを貰《もら》ったことがあり一応経験はある。ただ、自慢できる仕
上がりではまったくなかった。
頭をまな板に釘《くぎ》付けにする。「目打ち」なる専用の金具もあるのだけれど持ってい
ないから千枚通しで代用だ。
開きっぱなしの口には悪魔のキバみたいな鋭い歯が並んでいる。これまた大きな目
がこちらを睨《にら》みつけているように思える。
成仏してくれ。
まず内臓を取り除く。
腹を切り開くと、黄色い細かな粒がどっさり出てきた。卵だ。
これは嬉《うれ》しい驚きだった。

腹が張っている気はしていたがその可能性を忘れていた。子供時代にはよく食べた思い出の味である。

肝と浮き袋も分けて残しておく。

続いて、中骨に沿って切れ目を入れ、背中側がつながった開きにする。さらに中骨だけを切り離す。

原理的には普通の魚の捌《さば》き方と変わりないものの、中骨が長い分包丁を動かす距離が長く、身をぐずぐずにしやすい。

骨といっしょに身をたくさん切り離してしまい、食べる部分がちょっぴりになる失敗も多い。

案の定、せっかくの太ったハモがふくよかくらいになってしまった。骨は骨で使うからと自分に言い訳をする。

とりあえず一匹、開き終わっていよいよ骨切りにかかった。

頼るのはやはりネットだ。

本来は骨切りも専用の包丁でやる。ナタみたいなずっしりした包丁だ。家庭では大きな出刃でいいと書いてあった。

出刃だってない家が多そうだが、啓介はちゃんと揃えている。もっともしばらく使っていなかったので砥石《といし》を引っ張り出す。

「研ぐの、私がやろうか？」

啓介は首を振った。下手くそに研がせると余計切れなくなる。

大下忠男にはタケノコの皮剥《む》きを頼んだけれど、菜央子にやらせられることは今のところ見つからない。

開いた身を皮を下にしてまな板に置き、右から左へ細かく切り込みを入れる。

〈一センチ幅に八回〉が目安だそうだ。

出刃を乗せて手前に引くと、じゃりじゃりと硬いものを断つ感触がある。

これが骨切りか。

やってみると、一センチに五、六回くらいだと思うがなんとか包丁が入る。

それよりも皮一枚残すのが難しい。切り過ぎると当然身がばらばらになってしまう。浅ければ骨が残る。

包丁の重さが必要な意味が理解できた。

力で切ろうとすると力の入れ方にどうしてもばらつきが出る。重さにまかせ、引く長さを一定にすれば深さが揃う。皮一枚残すストロークを見つけたらひたすらそれを繰り返す。

頭では分かったけれど、その通りに実行できるかは別の話だ。

とはいえだらだらやっているとせっかくの鮮度があっという間に落ちる。

覚悟を決めて端から端まで一気に包丁を入れた。何カ所か皮まで切ってしまったがしょうがない。

試しにふた切れ、落としにしてみた。

内心ひょっとするとと期待もあったが、現実はそう甘くない。

食べられないほどではないが骨の破片が口に触る。やはり間隔が粗いのだ。

切り目の深さも一定にはほど遠い。皮を切ってしまった一方で、今落としにしたところでは皮に近い骨が長いまま出てきた。

「うまくいかんなあ」

しかし菜央子はあまり気にしないふうだ。

「そう？　十分美味《おい》しいよ」

「お前、合格ラインが低すぎるぞ」

「私が買ったから言うわけじゃないけど、魚の味が濃い気がする。ちょっとくらい骨あたったっていいじゃん。パパが神経質過ぎるんじゃない？」

神経質上等だ。

ハモに関しては、昔から親しんだだけでなく、一流料亭で味わった経験もある。落としが、舌の上で和菓子のようにほぐれる骨切りの技を知っているのだ。誇りにかけてこれでいいとは言えない。

ただハモ自体は上等だから、旨味《うま》がしっかりしている点に関しては菜央子の言う通りだ。

もったいない。

骨切り済みのを注文してくれたら何の問題もなかったのに。むしろあとの料理は簡単な素材だ。

ハモがいいと言ったのは、菜央子でもできそうと計算した上でもあった。まだ一匹あるのが痛ましい。俺の下手糞《へたくそ》な骨切りでは、化けて出てこられそうだ。

そこでふと、うおぞうめんのことを思いついた。

うおぞうめんも、子供時分、関西に住んでいたころの懐かしい味である。

懐かしさでは一、二を争うかもしれない。

というのは、関西限定だった食べ物の多くがその後全国区になる中で、いまだにうおぞうめんは、東京で見かける機会がほとんどないからだ。

麺状になったかまぼこみたいなもので、冷やしたのをダシに浸して食べる。まさにそうめんである。

その主原料がハモと聞いた気がした。

さっそく調べてみると、ほかの魚でも作るがハモが最上、みたいな記述がある。

作り方も出ていた。

すり身につなぎを入れて練り、沸騰した湯の中に細く絞り出して固めればいいようだ。

これだ。

骨切りができなくても、すり身なら技はいらない。フードプロセッサーという文明の利器だってある。

一匹まるまるうおぞうめんというわけにもいかないだろうけれど、つみれ汁などすり身にはいろいろ使い道が考えられる。

今度は開きの形を残さなくていいので、三枚に下ろしてしまう。

さらに皮を引く。

きれいな白身だけになったが、もちろん小骨だらけだ。これをフードプロセッサーに放り込んで回す。

ミンチのようになったところで少量食べてみる。

まだまだである。砂利でも混じっているみたいだ。

もう一回、モーターが熱くなるまでスイッチを押し続けた。もういいだろうと思ったが、ペーストと呼べるくらいの見た目に反して、食感にはざらつきが強く残っていた。

恐るべしハモの骨。改めて感じ入ったが打つ手はある。

ザルにすり身を移してしゃもじでなすりつけながら漉《こ》してゆく。労力はかかるものの確実に滑らかになる。

菜央子にやっと出番が回ってきた。黙々と作業しながらほっとしているようでもあった。何しろこれは父の日のイベントなのだ。

裏漉ししたのは三分の二ほどだ。そのまた半分をうおぞうめんにする。つなぎは山芋がいいようだ。

「買ってるわけないよな」

ぶんぶんと菜央子は首を振った。

うおぞうめんなど想像していたはずがないからまあ当然だが、もともとハモをどう料理するつもりだったのだろう。

「落としでしょ。お吸い物。天ぷら。あとは何だっけ」

「何だっけじゃないだろ」

「あ、そうだ、しゃぶしゃぶにしようかなって思ってたんだ」

だとすると、ハモ尽くしとして一般的な献立かもしれない。

ただこってりした味付けのものがなく、やや単調と啓介には感じられた。

しかも菜央子は、副材料をまったく用意していなかった。吸い物の青みさえ、だ。

「いくら美味《うま》くたってさ、ハモばっかり食い続けられないだろ。天ぷらとかさ、一緒にシシトウでも揚げて添えとこうって気にならないか？」

　からかうというより、本気で不思議だった。

「ならない」

　動じることなく菜央子は言い放つ。

「どうして」

「ハモ、美味しいから」

「でも、野菜があったらよりいいだろ」

　今度は少し考えるふうだ。

「それはそうだね」

　一緒にエルマートへ出かけ、山芋ほか、必要なものを買った。

　ついでにアイスクリームも買い物かごに放り込んだ。帰って二人で食べる。

　冷たさ、甘さが心地よい。蒸し暑い中、必死にハモと格闘した消耗は結構なものだったが、やっとひと息つけた。

「ご飯作るの、大変ね」

「分かったなら、父の日としては一応意義があったってことにしとこう」

「普段だって分かってないわけじゃないってば。だからお返ししようって思ったんだけど――」

「今後精進してくれ」

再び二人で台所に立つ。

ヤマは越えた。あとは粛々と進めるだけだ。

山芋をおろし、卵白、酒とともに裏漉ししたすり身に加えてもう一度裏漉しする。

味付けの塩、さらに抹茶で緑色にしたものと白いままのもの、二種類のタネを作る。

それぞれビニール袋に入れ、角を小さく切り取って、昆布ダシを静かに沸騰させた中に絞り出してゆくのである。

「あっ。そうめんみたいになってきた」

未知の食べ物に菜央子ははしゃいで、啓介が見本を示したあとは全部自分でやった。

ゆであがったものを氷水で冷やしてうおぞうめんは出来上がりだ。

裏漉ししたすり身の残りは、中骨と頭でとったダシに丸めて入れ、つみれ汁にした。

啓介の骨切りでそのまま吸い物の実にするのは無理と思っていたが、代わりの一品ができた。これには三つ葉を浮かせる。

三分の一、フードプロセッサーにかけただけのすり身も残したのは、ハンバーグとメンチカツには、それくらいの食感が合うと思ったからだ。

美味いかどうか分からないが、こんなアクシデントがなければ絶対作らなかっただろう。貴重な機会と考えることにする。

骨切りしたほうも何とか食べなければならない。

落としはないと寂しいので尾のほうの骨が弱そうなところで少しだけ用意する。

そしてフライ。

天ぷらよりディープに揚げるから、骨が多少柔らかくなるのでは、という狙いもある。メンチカツとの盛り合わせになるのも趣向として面白いだろう。

付け合わせは当然千切りキャベツ。タルタルソースも添えよう。

こってり味は鍋《なべ》をすき焼き風にして取り入れる。

つみれ汁と同じ骨と頭のダシを使うが、醤油《しょうゆ》、みりん、砂糖で甘辛く味をつけてしまう。

ハモの身を投入すれば、少なくともスープは濃厚な旨《うま》みをたたえたものになるはずだ。それをタマネギほかの具に染み込ませる。

「卵はどうするの」

啓介は頭を掻《か》いた。すっかり忘れていた。

これは薄めの甘辛味《あじ》で煮て、鶏の卵でとじる。ダブル卵というわけだ。

肝、浮き袋も臭みが出ないようきれいに掃除してつみれ汁に加える。さらにすり身を作る時に出た皮をあぶってキュウリと合わせた酢の物にした。

昼過ぎから始めたのに、すべて出来上がったのは六時近かった。啓介は例によって酒を飲む前に身を清め、結局いつもの夕食とあまり変わらない時間になった。

「かんぱーい」

菜央子がグラスを突き出すと啓介も釣られて自分のグラスを打ち合わせ、慌てて
「父の日がめでたいわけじゃないからな」と言った。

「じゃあ何に乾杯なの」

「ハモを料理し終えたことに、だ」

奮闘の成果が目の前に並んでいる。

「お前もお前なりにはやった。それは認める」

骨切りの後、菜央子はほぼすべての工程に参加した。

「いやー、やったっていっても結局全部、パパの言う通り動いてただけだからね」

「その通りだが、今日はいいことにしとく」

どうにか料理にはしたが、どの程度食べられるかまだ分からない。

うおぞうめんにそろそろ箸《はし》を伸ばす。

茹《ゆ》でたあとは氷水で冷やしている。そうめんらしく、めんつゆにつけて食べる。薬味として青ゆずの皮をおろして散らした。

ずずっとすすって親指をたてた。

「いける！」

懐かしい味がよみがえってきた。いや、グレードアップしている。

考えてみれば当たり前かもしれない。昔食べていたのは完全な既製品だった。それを最高の材料で添加物も入れず手作りした。しかも出来立てである。

すり身は熱を加えることでぷりぷりしてくる。歯を立てた時のはじき返されるような感触はそこから生まれる。

なめらかに仕上げているから、相乗効果でのどごしもよくなる。普通の麺《めん》とはもちろん違うが、コシまでしっかりある。

かつハモの味がしっかり感じられるのだから文句のつけようはない。

頬が落ちる類《たぐい》の華やかな美味《おい》しさではないけれど、練り物らしいしみじみした風情がある。かつ、練り物中ではず抜けて上品だ。

「これがうおぞうめんなのね」

菜央子も感激の面持ちだ。

「洒落《しゃれ》たもの子供の時から食べてたんだね」

「夏場はほんとしょっちゅうだったから、またか、なんて思ってたけどな。自分で作る日が来るとは思わなかった」

例によって日本酒を出す。

このあいだ山菜と山形の酒がさすがの相性に思えたので、関西が本場のハモにはいい気がして、京都のものを買っておいた。

伏見《ふしみ》のメジャーどころでなく、小ささで全国有数みたいな蔵で作っているやつである。

やや甘口で、濃厚な香りをたたえた「進みすぎる」タイプ。

相性という意味では酒の主張が前に出過ぎて狙い通りでなかったけれど、今、啓介を満たしている達成感にふさわしい味だ。

続いて卵の卵とじ。

うおぞうめん同様、ずっと口にしていなかった。

卵の粒はタラコなどよりさらに細かい。凶悪な親の顔に似合わない、優しい味わいだ。

フライとメンチカツを食べ比べる。

狙いがある程度功を奏して、フライもそこまで食べにくくはなかった。身自体の旨さはもちろん申し分ない。

驚いたのはメンチカツだ。

皿の上で割ると、ほかのハモ料理で体験したことがない魚らしい香りが広がった。

口に入れるとジュースが溢《あふ》れてくる。

みじんにして混ぜたタマネギが素晴らしい仕事をしている。甘味をプラスするのはもちろん、すり身に水分が供給され、弾力は弱まる分、ほっくりした舌触りになる。その中だと、骨の破片も悪くないアクセントと感じられる。

フライにはタルタルやドレッシング、ウスターソースもよく合ったけれど、こちらは塩にレモンを絞るくらいがいいのではないか。いずれにせよ、千切りキャベツとの相性はぴったりだ。

メンチに比べるとハンバーグは精彩がなかった。ぱさついてしまう。

タマネギが入っているのは同じなので、衣で包んで加熱するほうが合っているのだろう。

合間に挟んだつみれ汁は想像通りのいい出来だ。団子も汁も味の奥行きが深い。

肝はウナギの肝吸いに入っているような感じである。

面白いのが浮き袋で、細長い形から「鱧笛《はもぶえ》」と呼ばれている。料亭で知ったのだが、ゴムみたいな食感が楽しい。

皮入りの酢の物はいい箸休《はしやす》めだ。

そしてすき焼き風の鍋。

骨はもうしょうがないので、時に長いのが出てきたりすれば吐きだしながら食べ進める。

ハモとタマネギが出合いものであることを再確認した。春菊や豆腐も美味《うま》い。

「勉強になったな」

箸を置いて啓介はつぶやいた。

食べるのにもエネルギーが要ったが、満足できた。材料とのこういう対話もありということだろう。

「いやー、パパやっぱり天才」

「馬鹿言うなって言ってるだろ」

今日は韜晦《とうかい》などでない、正直なところだ。

「お前がどう評価しようと、あんな骨切りじゃ話にならん」

「でもパパ、初めてだったんでしょ。なのにちゃんと食べられたもん」

菜央子は身体を乗り出して力説した。

「それにさ、骨切りのいらない料理の仕方とっさに思いついてさ。実はそれが超伝統的だったとか、すごくない？」

丸のハモに動揺して焦っていたため、ぱっと目についたサイトを見てすぐ骨切りを始めたのだけれど、あとでまた検索していろいろ調べると、江戸時代には骨切りの技法が発明されておらず、すり身にするのが基本だったと分かった。

うおぞうめんはさらに後になって考え出されたみたいだが、つみれ汁や、パン粉こそまぶさないものの成型して揚げるといった料理が当時はまさにスタンダードだったわけだ。

汁の中にすり身を溶かし込んで濃度のあるスープにする「すり流し」などもあったらしく、今度やってみようと思った。

「俺は一から考えついたわけじゃない」

首をふって啓介が答える。

「うおぞうめんを知ってたから、すり身って発想が浮かんだ。すり身をほかにどういうふうに使うかってところも、今まで作ってきた料理の応用だ。場数を踏んでりゃ誰だってできる」

「誰だってってことはないでしょ」

「少なくとも俺に、才能なんてものはない。多少料理ができるとしたら経験値と、料理についちゃ研究が苦にならないのがプラスに働いてるくらいのこった」

「立派な才能じゃない」

菜央子はまだ食い下がった。

「なんでパパ、そんなに卑下するのよ。もっと自信持ちなよ」

「卑下じゃない。ただ客観的に見てるんだ」

「もしママと比べて負けてるとか考えてるなら、違うからね」

突然何を言い出すのかと驚いて娘の顔を見る。

酔いが醒《さ》めた気がするほど真剣な表情だった。

「私、そんなふうにはちっとも思わないから」

「当たり前だ」

啓介の声もたかぶった。

「俺だって思ってない。ただな、自分で思ってるだけじゃ駄目なんだ。世の中の誰もに俺の勝ちだって認めさせるようなことをしないと」

どっさり残っていたハモのハンバーグに箸を突き立てて口に放り込んだ。

奥歯に力を込める。骨のかけらを砕き、徹底的に潰《つぶ》して呑《の》み込む。

消化して、己《おのれ》のエネルギーとするために。

次の日、菜央子が会社に行くと啓介はすぐ、決意を持ってパソコンに向かった。

娘があんなことを言ったのは、やっぱり俺をみっともなく思っているからに違いない。

恥ずかしくてたまらなかった。

何が何でも、この原稿を完成させる。

ベストセラーになって、テレビの取材も受けて。

あんな女など、鼻にも引っかけない有名人になってやる。

怒りのエネルギーに満たされた脳からアイデアがこんこんとあふれ出し、指はキーボードの上を目にもとまらぬスピードで駆け回る——はずだった。

ダメだ。

一行も進まない。

無理に進めようとしても、画面に並ぶのは陳腐な言葉ばかり。

あふれ出すのは情けなさばかり。

これほどの危機感さえ俺の能力を高めてくれないなら、いったいどうすればいいのだ。

万年床にちらりと目をやって、しかし啓介は踏みとどまった。

あと一時間は頑張ろう。

凡人には努力あるのみ。

料理なら、気合なんか入れなくたっていくらでも頑張れるんだがなあ。

とかくこの世はままならない。

顔はかなり凶悪です

← 骨がみっしり
身に入り込んで
いますが
上手に骨切り
するとフワッとした
舌触りに

鱧《はも》

マンションの1階で
造られている 神蔵(京都)

本書は書き下ろしです。
本文中イラスト／わみず
手書き文字／荒木源

# タクシードライバー美《び》食《しょく》日《にっ》誌《し》

荒《あら》木《き》 源《げん》


令和７年　１月25日　初版発行

発行者●山下直久

発行●株式会社KADOKAWA
〒102-8177　東京都千代田区富士見2-13-3
電話　0570-002-301（ナビダイヤル）

角川文庫 24500

印刷所●株式会社暁印刷
製本所●本間製本株式会社

表紙画●和田三造





●お問い合わせ
https://www.kadokawa.co.jp/（「お問い合わせ」へお進みください）
※内容によっては、お答えできない場合があります。
※サポートは日本国内のみとさせていただきます。
※Japanese text only




ISBN 978-4-04-115760-2　C0193

# 角川文庫発刊に際して

角川源義

第二次世界大戦の敗北は、軍事力の敗北であった以上に、私たちの若い文化力の敗退であった。私たちの文化が戦争に対して如何に無力であり、単なるあだ花に過ぎなかったかを、私たちは身を以て体験し痛感した。西洋近代文化の摂取にとって、明治以後八十年の歳月は決して短かすぎたとは言えない。にもかかわらず、近代文化の伝統を確立し、自由な批判と柔軟な良識に富む文化層として自らを形成することに私たちは失敗して来た。そしてこれは、各層への文化の普及滲透を任務とする出版人の責任でもあった。

一九四五年以来、私たちは再び振出しに戻り、第一歩から踏み出すことを余儀なくされた。これは大きな不幸ではあるが、反面、これまでの混沌・未熟・歪曲の中にあった我が国の文化に秩序と確たる基礎を齎らすためには絶好の機会でもある。角川書店は、このような祖国の文化的危機にあたり、微力をも顧みず再建の礎石たるべき抱負と決意とをもって出発したが、ここに創立以来の念願を果すべく角川文庫を発刊する。これまで刊行されたあらゆる全集叢書文庫類の長所と短所とを検討し、古今東西の不朽の典籍を、良心的編集のもとに、廉価に、そして書架にふさわしい美本として、多くのひとびとに提供しようとする。しかし私たちは徒らに百科全書的な知識のジレッタントを作ることを目的とせず、あくまで祖国の文化に秩序と再建への道を示し、この文庫を角川書店の栄ある事業として、今後永久に継続発展せしめ、学芸と教養との殿堂として大成せんことを期したい。多くの読書子の愛情ある忠言と支持とによって、この希望と抱負とを完遂せしめられんことを願う。

一九四九年五月三日

# 角川文庫ベストセラー

早期退職　荒木源

辻本壮平、52歳。菓子メーカー営業課長。妻子あり、住宅ローンはほぼ完済ずみ。ある日突然、早期退職募集が開始される。辞めるべきか、会社にとどまるか、どちらが得かで悩む辻本課長の選択は――。

残業禁止　荒木源

成瀬和正、46歳。ゼネコンの現場事務所長。ホテル建設現場を取り仕切る成瀬の元に、残業時間上限規制の指示が舞い込む。綱渡りのスケジュール、急な仕様変更……残業せずに、ホテルは建つのか？

役職定年　荒木源

生命保険会社・永和生命では、70歳までの定年延長を目指している。一方人事部の加納はシニア社員のやる気のなさに手を焼いていた。対策に乗り出そうとした時、会社を揺るがす大問題が発生してしまい……。

金融腐蝕列島（上）（下）　高杉良

大手都銀・協立銀行の竹中治夫は、本店総務部へ異動になった。総会屋対策の担当だった。組織の論理の前に、心ならずも不正融資に手を貸す竹中。相次ぐ金融不祥事に、銀行の暗部にメスを入れた長編経済小説。

勇気凜々　高杉良

放送局の型破り営業マン、武田光司は、サラリーマン生活にあきたらず、会社を興す。信用を得た大手スーパー・イトーヨーカ堂の成長と共に、見事にベンチャー企業を育て上げた男のロマンを描く経済小説。

# 角川文庫ベストセラー

呪縛（上）（下）
金融腐蝕列島Ⅱ
高杉　良

金融不祥事が明るみに出た大手都銀。強制捜査、逮捕への不安、上層部の葛藤が渦巻く。自らの誇りを賭け、銀行の健全化と再生のために、ミドルたちは組織の呪縛にどう立ち向かうのか。衝撃の経済小説。

再生（上）（下）
続・金融腐蝕列島
高杉　良

金融不祥事で危機に陥った協立銀行。不良債権の回収と処理に奔走する竹中は、住宅管理機構との対応を命じられ、新たな不良債権に関わる。社外からの攻撃と銀行の論理の狭間で苦悩するミドルの姿を描く長編。

青年社長（上）（下）
高杉　良

父の会社の倒産、母の病死を乗り越え、幼い頃からの夢だった「社長」になるため、渡邉美樹は不屈の闘志で資金を集め、弱冠24歳にして外食産業に乗り出す。「和民」創業を実名で描く、爽快なビジネス小説。

小説　ザ・ゼネコン
高杉　良

バブル前夜、銀行調査役の山本泰世は、準大手ゼネコンへの出向を命じられる。そこで目にしたのは建設業界のダーティーな面だった。政官との癒着、談合体質、闇社会との関わり――日本の暗部に迫った問題作。

燃ゆるとき
高杉　良

築地魚市場の片隅に興した零細企業が、「マルちゃん」ブランドで一部上場企業に育つまでを描く。東洋水産の創業者・森和夫は「社員を大事にする」経営理念のもと、様々な障壁を乗り越えてゆく実名経済小説。

集英社文庫

# ファイナル・ゼロ

2018年10月25日　第1刷　　定価はカバーに表示してあります。

著　者　鳴海《なるみ》　章《しょう》
発行者　徳永　真
発行所　株式会社 集英社
東京都千代田区一ツ橋2-5-10　〒101-8050
電話　【編集部】03-3230-6095
【読者係】03-3230-6080
【販売部】03-3230-6393（書店専用）
印　刷　中央精版印刷株式会社　株式会社美松堂
製　本　中央精版印刷株式会社

フォーマットデザイン　アリヤマデザインストア　　マークデザイン　居山浩二


ISBN978-4-08-745798-8 C0193

新潮社文庫

スーパー・ゼロ

同年末に再びサーフィンを始めるようになる。世界遺産、ハワイのノースショアで巨大波に挑戦し、感動を呼ぶ冒険ドキュメント。目指す三メートルの波とは。

飯嶋 和一の本